Ward Number Six
&
Steppe

Anton Pavlovich Chekhov

Палата № 6
&
Степь

Антон Павлович Чехов

Ward Number Six & Steppe

ISNB: 978-1-61895-240-0

Палата № 6 ; Степь

© Пресса библиотек, 2018

ISNB: 978-1-61895-240-0

Палата № 6

I

В больничном дворе стоит небольшой флигель, окруженный целым лесом репейника, крапивы и дикой конопли. Крыша на нем ржавая, труба наполовину обвалилась, ступеньки у крыльца сгнили и поросли травой, а от штукатурки остались одни только следы. Передним фасадом обращен он к больнице, задним – глядит в поле, от которого отделяет его серый больничный забор с гвоздями. Эти гвозди, обращенные остриями кверху, и забор, и самый флигель имеют тот особый унылый, окаянный вид, какой у нас бывает только у больничных и тюремных построек.

Если вы не боитесь ожечься о крапиву, то пойдемте по узкой тропинке, ведущей к флигелю, и посмотрим, что делается внутри. Отворив первую дверь, мы входим в сени. Здесь у стен и около печки навалены целые горы больничного хлама. Матрацы, старые изодранные халаты, панталоны, рубахи с синими полосками, никуда не годная, истасканная обувь – вся эта рвань свалена в кучи, перемята, спуталась, гниет и издает удушливый запах.

На хламе всегда с трубкой в зубах лежит сторож Никита, старый отставной солдат с порыжелыми нашивками. У него суровое, испитое лицо, нависшие брови, придающие лицу выражение степной овчарки, и красный нос; он невысок ростом, на вид сухощав и жилист, но осанка у него внушительная и кулаки здоровенные. Принадлежит он к числу тех простодушных, положительных, исполнительных и тупых людей, которые больше всего на свете любят порядок и потому убеждены, что их надо бить. Он бьет по лицу, по груди, по спине, по чем попало, и уверен, что без этого не было бы здесь порядка.

Далее вы входите в большую, просторную комнату, занимающую весь флигель, если не считать сеней. Стены здесь вымазаны грязно-голубою краской, потолок закопчен, как в курной избе, – ясно, что здесь зимой дымят печи и бывает угарно. Окна изнутри обезображены железными решетками. Пол сер и занозист. Воняет кислою капустой, фитильною гарью, клопами и аммиаком, и эта вонь в первую минуту производит на вас такое впечатление, как будто вы входите в зверинец.

В комнате стоят кровати, привинченные к полу. На них сидят и лежат люди в синих больничных халатах и по-старинному в колпаках. Это – сумасшедшие.

Всех их здесь пять человек. Только один благородного звания, остальные же все мещане. Первый от двери, высокий худощавый мещанин с рыжими блестящими усами и с заплаканными глазами, сидит, подперев голову, и глядит в одну точку. День и ночь он грустит, покачивая головой, вздыхая и горько улыбаясь; в разговорах он редко принимает участие и на вопросы обыкновенно не отвечает. Ест и пьет он машинально, когда дают. Судя по мучительному, бьющему кашлю, худобе и румянцу на щеках, у него начинается чахотка.

За ним следует маленький, живой, очень подвижной старик с острою бородкой и с черными, кудрявыми, как у негра, волосами. Днем он прогуливается по палате от окна к окну или сидит на своей постели, поджав по-турецки ноги, и неугомонно, как снегирь, насвистывает, тихо поет и хихикает. Детскую веселость и живой характер проявляет он и ночью, когда встает затем, чтобы помолиться Богу, то есть постучать себя кулаками по груди и поковырять пальцем в дверях. Это жид Мойсейка, дурачок, помешавшийся лет двадцать назад, когда у него сгорела шапочная мастерская.

Из всех обитателей палаты № 6 только ему одному позволяется выходить из флигеля и даже из больничного двора на улицу. Такой привилегией он пользуется издавна, вероятно, как больничный старожил и как тихий, безвредный дурачок, городской шут, которого давно уже привыкли видеть на улицах окруженным мальчишками и собаками. В халатишке, в смешном колпаке и в туфлях, иногда босиком и даже без панталон, он ходит по улицам, останавливаясь у ворот и лавочек, и просит копеечку. В одном месте дадут ему квасу, в другом – хлеба, в третьем – копеечку, так что возвращается он во флигель обыкновенно сытым и богатым. Все, что он приносит с собой, отбирает у него Никита в свою пользу. Делает это солдат грубо, с сердцем, выворачивая карманы и призывая Бога в свидетели, что он никогда уже больше не станет пускать жида на улицу и что беспорядки для него хуже всего на свете.

Мойсейка любит услуживать. Он подает товарищам воду, укрывает их, когда они спят, обещает каждому принести с улицы по копеечке и сшить по новой шапке; он же кормит с ложки своего соседа с левой стороны, паралитика. Поступает он так не из сострадания и не из каких-либо соображений гуманного свойства, а подражая и невольно подчиняясь своему соседу с правой стороны Громову.

Иван Дмитрич Громов, мужчина лет тридцати трех, из благородных, бывший судебный пристав и губернский секретарь, страдает манией преследования. Он или лежит на постели, свернувшись калачиком, или же ходит из угла в угол, как бы для моциона, сидит же очень редко. Он всегда возбужден, взволнован и напряжен каким-то смутным, неопределенным ожиданием. Достаточно малейшего шороха в сенях или крика на дворе, чтобы он поднял голову и стал прислушиваться: не за ним ли это идут? Не его ли ищут? И лицо его при этом выражает крайнее беспокойство и отвращение.

Мне нравится его широкое, скуластое лицо, всегда бледное и несчастное, отражающее в себе, как в зеркале, замученную борьбой и продолжительным страхом душу. Гримасы его странны и болезненны, но тонкие черты, положенные на его лицо глубоким искренним страданием, разумны и интеллигентны, и в глазах теплый, здоровый блеск. Нравится мне он сам, вежливый, услужливый и необыкновенно деликатный в обращении со всеми, кроме Никиты. Когда кто-нибудь роняет пуговку или ложку, он быстро вскакивает с постели и поднимает. Каждое утро он поздравляет своих товарищей с добрым утром, ложась спать — желает им спокойной ночи.

Кроме постоянно напряженного состояния и гримасничанья, сумасшествие его выражается еще в следующем. Иногда по вечерам он запахивается в свой халатик и, дрожа всем телом, стуча зубами, начинает быстро ходить из угла в угол и между кроватей. Похоже на то, как будто у него сильная лихорадка. По тому, как он внезапно останавливается и взглядывает на товарищей, видно, что ему хочется сказать что-то очень важное, но, по-видимому, соображая, что его не будут слушать или не поймут, он нетерпеливо встряхивает головой и продолжает шагать. Но скоро желание говорить берет верх над всякими соображениями, и он дает себе волю и говорит горячо и страстно. Речь его беспорядочна, лихорадочна, как бред, порывиста и не всегда понятна, но зато в ней слышится, и в словах и в голосе, что-то чрезвычайно хорошее. Когда он говорит, вы узнаете в нем сумасшедшего и человека. Трудно передать на бумаге его безумную речь. Говорит он о человеческой подлости, о насилии, попирающем правду, о прекрасной жизни, какая со временем будет на земле, об оконных решетках, напоминающих ему каждую минуту о тупости и жестокости насильников. Получается беспорядочное, нескладное попурри из старых, но еще не допетых песен.

II

Лет двенадцать – пятнадцать тому назад в городе, на самой главной улице, в собственном доме проживал чиновник Громов, человек солидный и зажиточный. У него было два сына: Сергей и Иван. Будучи уже студентом четвертого курса, Сергей заболел скоротечною чахоткой и умер, и эта смерть как бы послужила началом целого ряда несчастий, которые вдруг посыпались на семью Громовых. Через неделю после похорон Сергея старик отец был отдан под суд за подлоги и растраты и вскоре умер в тюремной больнице от тифа. Дом и вся движимость были проданы с молотка, и Иван Дмитрич с матерью остались без всяких средств.

Прежде, при отце, Иван Дмитрич, проживая в Петербурге, где он учился в университете, получал шестьдесят – семьдесят рублей в месяц и не имел никакого понятия о нужде, теперь же ему пришлось резко изменить свою жизнь. Он должен был от утра до ночи давать грошовые уроки, заниматься перепиской и все-таки голодать, так как весь заработок посылался матери на пропитание. Такой жизни не выдержал Иван Дмитрич; он пал духом, захирел и, бросив университет, уехал домой. Здесь, в городке, он по протекции получил место учителя в уездном училище, но не сошелся с товарищами, не понравился ученикам и скоро бросил место. Умерла мать. Он с полгода ходил без места, питаясь только хлебом и водой, затем поступил в судебные пристава. Эту должность занимал он до тех пор, пока не был уволен по болезни.

Он никогда, даже в молодые студенческие годы, не производил впечатления здорового. Всегда он был бледен, худ, подвержен простуде, мало ел, дурно спал. От одной рюмки вина у него кружилась голова и делалась истерика. Его всегда тянуло к людям, но благодаря своему раздражительному характеру и мнительности он ни с кем близко не сходился и друзей не имел. О горожанах он всегда отзывался с презрением, говоря, что их грубое невежество и сонная животная жизнь кажутся ему мерзкими и отвратительными. Говорил он тенором, громко, горячо и не иначе как негодуя и возмущаясь или с восторгом и удивлением, и всегда искренно. О чем, бывало, ни заговоришь с ним, он все сводит к одному: в городе душно и скучно жить, у общества нет высших интересов, оно ведет тусклую, бессмысленную жизнь, разнообразя ее насилием, грубым развратом и лицемерием; подлецы сыты и одеты, а честные питаются крохами; нужны школы, местная газета с честным направлением, театр, публичные чтения, сплоченность интеллигентных сил; нужно, чтоб общество сознало себя и ужаснулось. В своих суждениях о людях он клал густые краски, только белую и черную, не признавая никаких оттенков; человечество делилось у него на честных и подлецов; середины же не было. О женщинах и любви он всегда говорил страстно, с восторгом, но ни разу не был влюблен.

В городе, несмотря на резкость его суждений и нервность, его любили и за глаза ласково называли Ваней. Его врожденная деликатность, услужливость, порядочность, нравственная чистота и его поношенный сюртучок, болезненный вид и семейные несчастья внушали хорошее, теплое и грустное чувство; к тому же он был хорошо образован и начитан, знал, по мнению горожан, все и был в городе чем-то вроде ходячего справочного словаря.

Читал он очень много. Бывало, все сидит в клубе, нервно теребит бородку и перелистывает журналы и книги; и по лицу его видно, что он не читает, а глотает, едва успев разжевать. Надо думать, что чтение было одною из его болезненных привычек, так как он с одинаковою жадностью набрасывался на все, что попадало ему под руки, даже на прошлогодние газеты и календари. Дома у себя читал он всегда лежа.

III

Однажды осенним утром, подняв воротник своего пальто и шлепая по грязи, по переулкам и задворкам, пробирался Иван Дмитрич к какому-то мещанину, чтобы получить по исполнительному листу. Настроение у него было мрачное, как всегда по утрам. В одном из переулков встретились ему два арестанта в кандалах и с ними четыре конвойных с ружьями. Раньше Иван Дмитрич очень часто встречал арестантов, и всякий раз они возбуждали в нем чувства сострадания и неловкости, теперь же эта встреча произвела на него какое-то особенное, странное впечатление. Ему вдруг почему-то показалось, что его тоже могут заковать в кандалы и таким же образом вести по грязи в тюрьму. Побывав у мещанина и возвращаясь к себе домой, он встретил около почты знакомого полицейского надзирателя, который поздоровался и прошел с ним по улице несколько шагов, и почему-то это показалось ему подозрительным, дома целый день у него не выходили из головы арестанты и солдаты с ружьями, и непонятная душевная тревога мешала ему читать и сосредоточиться. Вечером он не зажигал у себя огня, а ночью не спал и все думал о том, что его могут арестовать, заковать и посадить в тюрьму. Он не знал за собой никакой вины и мог поручиться, что и в будущем никогда не убьет, не подожжет и не украдет; но разве трудно совершить преступление нечаянно, невольно, и разве не возможна клевета, наконец судебная ошибка? Ведь недаром же вековой народный опыт учит от сумы да тюрьмы не зарекаться. А судебная ошибка при теперешнем судопроизводстве очень возможна, и ничего в ней нет мудреного. Люди, имеющие служебное, деловое отношение к чужому страданию, например судьи, полицейские, врачи, с течением времени, в силу привычки, закаляются до такой степени, что

10

хотели бы, да не могут относиться к своим клиентам иначе как формально; с этой стороны они ничем не отличаются от мужика, который на задворках режет баранов и телят и не замечает крови. При формальном же, бездушном отношении к личности, для того чтобы невинного человека лишить всех прав состояния и присудить к каторге, судье нужно только одно: время. Только время на соблюдение кое-каких формальностей, за которые судье платят жалованье, а затем – все кончено. Ищи потом справедливости и защиты в этом маленьком, грязном городишке, за двести верст от железной дороги! Да и не смешно ли помышлять о справедливости, когда всякое насилие встречается обществом как разумная и целесообразная необходимость, и всякий акт милосердия, например оправдательный приговор, вызывает целый взрыв неудовлетворенного, мстительного чувства?

Утром Иван Дмитрич поднялся с постели в ужасе, с холодным потом на лбу, совсем уже уверенный, что его могут арестовать каждую минуту. Если вчерашние тяжелые мысли так долго не оставляют его, думал он, то, значит, в них есть доля правды. Не могли же они, в самом деле, прийти в голову безо всякого повода.

Городовой не спеша прошел мимо окон: это недаром. Вот два человека остановились около дома и молчат. Почему они молчат?

И для Ивана Дмитрича наступили мучительные дни и ночи. Все проходившие мимо окон и входившие во двор казались шпионами и сыщиками. В полдень обыкновенно исправник проезжал на паре по улице; это он ехал из своего подгородного имения в полицейское правление, но Ивану Дмитричу казалось каждый раз, что он едет слишком быстро и с каким-то особенным выражением: очевидно, спешит объявить, что в городе проявился очень важный преступник. Иван Дмитрич вздрагивал при всяком звонке и стуке в ворота, томился, когда встречал у хозяйки нового человека; при встрече с полицейскими и жандармами улыбался и насвистывал, чтобы казаться равнодушным. Он не спал все ночи напролет, ожидая ареста, но громко храпел и вздыхал, как сонный, чтобы хозяйке казалось, что он спит; ведь если не спит, то, значит, его мучают угрызения совести – какая улика! Факты и здравая логика убеждали его, что все эти страхи – вздор и психопатия, что в аресте и тюрьме, если взглянуть на дело пошире, в сущности, нет ничего страшного – была бы совесть спокойна; но чем умнее и логичнее он рассуждал, тем сильнее и мучительнее становилась душевная тревога. Это было похоже на то, как один пустынник хотел вырубить себе местечко в девственном лесу; чем усерднее он работал топором, тем гуще и сильнее разрастался лес. Иван Дмитрич в конце концов, видя, что это бесполезно, совсем бросил рассуждать и весь отдался отчаянию и страху.

Он стал уединяться и избегать людей. Служба и раньше была ему противна, теперь же она стала для него невыносима. Он боялся, что его как-нибудь подведут, положат ему незаметно в карман взятку и потом уличат, или он сам нечаянно сделает в казенных бумагах ошибку, равносильную подлогу, или потеряет чужие деньги. Странно, что никогда в другое время мысль его не была так гибка и изобретательна, как теперь, когда он каждый день выдумывал тысячи разнообразных поводов к тому, чтобы серьезно опасаться за свою свободу и честь. Но зато значительно ослабел интерес к внешнему миру, в частности к книгам, и стала сильно изменять память.

Весной, когда сошел снег, в овраге около кладбища нашли два полусгнивших трупа – старухи и мальчика, с признаками насильственной смерти. В городе только и разговора было, что об этих трупах и неизвестных убийцах. Иван Дмитрич, чтобы не подумали, что это он убил, ходил по улицам и улыбался, а при встрече со знакомыми бледнел, краснел и начинал уверять, что нет подлее преступления, как убийство слабых и беззащитных. Но эта ложь скоро утомила его, и, после некоторого размышления, он решил, что в его положении самое лучшее – это спрятаться в хозяйкин погреб. В погребе просидел он день, потом ночь и другой день, сильно озяб и, дождавшись потемок, тайком, как вор, пробрался к себе в комнату. До рассвета простоял он среди комнаты, не шевелясь и прислушиваясь. Рано утром до восхода солнца к хозяйке пришли печники. Иван Дмитрич хорошо знал, что они пришли затем, чтобы перекладывать в кухне печь, но страх подсказал ему, что это полицейские, переодетые печниками. Он потихоньку вышел из квартиры и, охваченный ужасом, без шапки и сюртука, побежал по улице. За ним с лаем гнались собаки, кричал где-то позади мужик, в ушах свистел воздух, и Ивану Дмитричу казалось, что насилие всего мира скопилось за его спиной и гонится за ним.

Его задержали, привели домой и послали хозяйку за доктором. Доктор Андрей Ефимыч, о котором речь впереди, прописал холодные примочки на голову и лавровишневые капли, грустно покачал головой и ушел, сказав хозяйке, что уж больше он не придет, потому что не следует мешать людям сходить с ума. Так как дома не на что было жить и лечиться, то скоро Ивана Дмитрича отправили в больницу и положили его там в палате для венерических больных. Он не спал по ночам, капризничал и беспокоил больных и скоро, по распоряжению Андрея Ефимыча, был переведен в палату № 6.

Через год в городе уже совершенно забыли про Ивана Дмитрича, и книги его, сваленные хозяйкой в сани под навесом, были растасканы мальчишками.

IV

Сосед с левой стороны у Ивана Дмитрича, как я уже сказал, жид Мойсейка, сосед же с правой — оплывший жиром, почти круглый мужик с тупым, совершенно бессмысленным лицом. Это — неподвижное, обжорливое и нечистоплотное животное, давно уже потерявшее способность мыслить и чувствовать. От него постоянно идет острый удушливый смрад.

Никита, убирающий за ним, бьет его страшно, со всего размаха, не щадя своих кулаков; и страшно тут не то, что его бьют, — к этому можно привыкнуть, — а то, что это отупевшее животное не отвечает на побои ни звуком, ни движением, ни выражением глаз, а только слегка покачивается, как тяжелая бочка.

Пятый и последний обитатель палаты № 6 — мещанин, служивший когда-то сортировщиком на почте, маленький худощавый блондин с добрым, но несколько лукавым лицом. Судя по умным, покойным глазам, смотрящим ясно и весело, он себе на уме и имеет какую-то очень важную и приятную тайну. У него есть под подушкой и под матрацем что-то такое, чего он никому не показывает, но не из страха, что могут отнять или украсть, а из стыдливости. Иногда он подходит к окну и, обернувшись к товарищам спиной, надевает себе что-то на грудь и смотрит, нагнув голову; если в это время подойти к нему, то он сконфузится и сорвет что-то с груди. Но тайну его угадать нетрудно.

– Поздравьте меня, – говорит он часто Ивану Дмитричу, – я представлен к Станиславу второй степени со звездой. Вторую степень со звездой дают только иностранцам, но для меня почему-то хотят сделать исключение, – улыбается он, в недоумении пожимая плечами. – Вот уж, признаться, не ожидал!

– Я в этом ничего не понимаю, – угрюмо заявляет Иван Дмитрич.

– Но знаете, чего я рано или поздно добьюсь? – продолжает бывший сортировщик, лукаво щуря глаза. – Я непременно получу шведскую «Полярную звезду». Орден такой, что стоит похлопотать. Белый крест и черная лента. Это очень красиво.

Вероятно, нигде в другом месте так жизнь не однообразна, как во флигеле. Утром: больные, кроме паралитика и толстого мужика, умываются в сенях из большого ушата и утираются фалдами халатов; после этого пьют из оловянных кружек чай, который приносит из главного корпуса Никита. Каждому полагается по одной кружке. В полдень едят щи из кислой капусты и кашу, вечером ужинают кашей, оставшеюся от обеда. В промежутках лежат, спят, глядят в окна и ходят из угла в угол. И так каждый день. Даже бывший сортировщик говорит все об одних и тех же орденах.

Свежих людей редко видят в палате № 6. Новых помешанных доктор давно уже не принимает, а любителей посещать сумасшедшие дома немного на этом свете. Раз в два месяца бывает во флигеле Семен Лазарич, цирюльник. Как он стрижет сумасшедших и как Никита помогает ему делать это и в какое смятение приходят больные всякий раз при появлении пьяного улыбающегося цирюльника, мы говорить не будем.

Кроме цирюльника, никто не заглядывает во флигель. Больные осуждены видеть изо дня в день одного только Никиту.

Впрочем, недавно по больничному корпусу разнесся довольно странный слух.

Распустили слух, что палату № 6 будто бы стал посещать доктор.

Странный слух!

Доктор Андрей Ефимыч Рагин – замечательный человек в своем роде. Говорят, что в ранней молодости он был очень набожен и готовил себя к духовной карьере и что, кончив в 1863 году курс в гимназии, он намеревался поступить в духовную академию, но будто бы его отец, доктор медицины и хирург, едко посмеялся над ним и заявил категорически, что не будет считать его своим сыном, если он пойдет в попы. Насколько это верно – не знаю, но сам Андрей Ефимыч не раз признавался, что он никогда не чувствовал призвания к медицине и вообще к специальным наукам.

Как бы то ни было, кончив курс по медицинскому факультету, он в священники не постригся. Набожности он не проявлял и на духовную особу в начале своей врачебной карьеры походил так же мало, как теперь.

Наружность у него тяжелая, грубая, мужицкая: своим лицом, бородой, плоскими волосами и крепким, неуклюжим сложением напоминает он трактирщика на большой дороге, разъевшегося, невоздержного и крутого. Лицо суровое, покрыто синими жилками, глаза маленькие, нос красный. При высоком росте и широких плечах у него громадные руки и ноги; кажется, хватит кулаком – дух вон. Но поступь у него тихая и походка осторожная, вкрадчивая; при встрече в узком коридоре он всегда первый останавливается, чтобы дать дорогу, и не басом, как ждешь, а тонким, мягким тенорком говорит: «Виноват!» У него на шее небольшая опухоль, которая мешает ему носить жесткие крахмальные воротнички, и потому он всегда ходит в мягкой полотняной или ситцевой сорочке. Вообще одевается он не по-докторски. Одну и ту же пару он таскает лет по десяти, а новая одежа, которую он обыкновенно покупает в жидовской лавке, кажется на нем такою же поношенною и помятою, как старая; в одном и том же сюртуке он и больных принимает, и обедает, и в гости ходит; но это не из скупости, а от полного невнимания к своей наружности.

Когда Андрей Ефимыч приехал в город, чтобы принять должность, «богоугодное заведение» находилось в ужасном состоянии. В палатах, коридорах и в больничном дворе тяжело было дышать от смрада. Больничные мужики, сиделки и их дети спали в палатах вместе с больными. Жаловались, что житья нет от тараканов, клопов и мышей. В хирургическом отделении не переводилась рожа. На всю больницу было только два скальпеля и ни одного термометра, в ваннах держали картофель. Смотритель, кастелянша и фельдшер грабили больных, а про старого доктора, предшественника Андрея Ефимыча, рассказывали, будто он занимался тайною продажей больничного спирта и завел себе из сиделок и больных женщин целый гарем. В городе отлично знали про эти беспорядки и даже преувеличивали их, но относились к ним спокойно; одни оправдывали их тем, что в больницу ложатся только мещане и мужики, которые не могут быть недовольны, так как дома живут гораздо хуже, чем в больнице; не рябчиками же их кормить! Другие же в оправдание говорили, что одному городу без помощи земства не под силу содержать хорошую больницу; слава богу, что хоть плохая, да есть. А молодое земство не открывало лечебницы ни в городе, ни возле, ссылаясь на то, что город уже имеет свою больницу.

Осмотрев больницу, Андрей Ефимыч пришел к заключению, что это учреждение безнравственное и в высшей степени вредное для здоровья жителей. По его мнению, самое умное, что можно было сделать, это – выпустить больных на волю, а больницу закрыть. Но он рассудил, что для этого недостаточно одной только его воли и что это было бы бесполезно; если физическую и нравственную нечистоту прогнать с одного места, то она перейдет на другое; надо ждать, когда она сама выветрится. К тому же, если люди открывали больницу и терпят ее у себя, то, значит, она им нужна; предрассудки и все эти житейские гадости и мерзости нужны, так как они с течением времени перерабатываются во что-нибудь путное, как навоз в чернозем. На земле нет ничего такого хорошего, что в своем первоисточнике не имело бы гадости.

Приняв должность, Андрей Ефимыч отнесся к беспорядкам, по-видимому, довольно равнодушно. Он попросил только больничных мужиков и сиделок не ночевать в палатах и поставил два шкафа с инструментами; смотритель же, кастелянша, фельдшер и хирургическая рожа остались на своих местах.

Андрей Ефимыч чрезвычайно любит ум и честность, но чтобы устроить около себя жизнь умную и честную, у него не хватает характера и веры в свое право. Приказывать, запрещать и настаивать он положительно не умеет. Похоже на то, как будто он дал обет никогда не возвышать голоса и не́ употреблять повелительного наклонения. Сказать «дай» или «принеси» ему трудно; когда ему хочется есть, он нерешительно покашливает и говорит кухарке: «Как бы мне чаю...», или: «Как бы мне пообедать». Сказать же смотрителю, чтоб он перестал красть, или прогнать его, или совсем упразднить эту ненужную паразитную должность, – для него совершенно не под силу. Когда обманывают Андрея Ефимыча, или льстят ему, или подносят для подписи заведомо подлый счет, то он краснеет как рак и чувствует себя виноватым, но счет все-таки подписывает; когда больные жалуются ему на голод или на грубых сиделок, он конфузится и виновато бормочет:

– Хорошо, хорошо, я разберу после... Вероятно, тут недоразумение...

В первое время Андрей Ефимыч работал очень усердно. Он принимал ежедневно с утра до обеда, делал операции и даже занимался акушерской практикой. Дамы говорили про него, что он внимателен и отлично угадывает болезни, особенно детские и женские. Но с течением времени дело заметно прискучило ему своим однообразием и очевидною бесполезностью. Сегодня примешь тридцать больных, а завтра, глядишь, привалило их тридцать пять, послезавтра сорок, и так изо дня в день, из года в год, а смертность в городе не уменьшается, и больные не перестают ходить. Оказать серьезную помощь сорока приходящим больным от утра до обеда нет физической возможности, значит, поневоле выходит один обман. Принято в отчетном году двенадцать тысяч приходящих больных, значит, попросту рассуждая, обмануто двенадцать тысяч человек. Класть же серьезных больных в палаты и заниматься ими по правилам науки тоже нельзя, потому что правила есть, а науки нет; если же оставить философию и педантически следовать правилам, как прочие врачи, то для этого прежде всего нужны чистота и вентиляция, а не грязь, здоровая пища, а не щи из вонючей кислой капусты, и хорошие помощники, а не воры.

Да и к чему мешать людям умирать, если смерть есть нормальный и законный конец каждого? Что из того, если какой-нибудь торгаш или чиновник проживет лишних пять, десять лет? Если же видеть цель медицины в том, что лекарства облегчают страдания, то невольно напрашивается вопрос: зачем их облегчать? Во-первых, говорят, что страдания ведут человека к совершенству, и, во-вторых, если человечество в самом деле научится облегчать свои страдания пилюлями и каплями, то оно совершенно забросит религию и философию, в которых до сих пор находило не только защиту от всяких бед, но даже счастие. Пушкин перед смертью испытывал страшные мучения, бедняжка Гейне несколько лет лежал в параличе; почему же не поболеть какому-нибудь Андрею Ефимычу или Матрене Саввишне, жизнь которых бессодержательна и была бы совершенно пуста и похожа на жизнь амебы, если бы не страдания?

Подавляемый такими рассуждениями, Андрей Ефимыч опустил руки и стал ходить в больницу не каждый день.

VI

Жизнь его проходит так. Обыкновенно он встает утром часов в восемь, одевается и пьет чай. Потом садится у себя в кабинете читать или идет в больницу. Здесь, в больнице, в узком темном коридорчике сидят амбулаторные больные, ожидающие приемки. Мимо них, стуча сапогами по кирпичному полу, бегают мужики и сиделки, проходят тощие больные в халатах, проносят мертвецов и посуду с нечистотами, плачут дети, дует сквозной ветер. Андрей Ефимыч знает, что для лихорадящих, чахоточных и вообще впечатлительных больных такая обстановка мучительна, но что поделаешь? В приемной встречает его фельдшер Сергей Сергеич, маленький, толстый человек с бритым, чисто вымытым, пухлым лицом, с мягкими плавными манерами и в новом просторном костюме, похожий больше на сенатора, чем на фельдшера. В городе он имеет громадную практику, носит белый галстук и считает себя более сведущим, чем доктор, который совсем не имеет практики. В углу, в приемной, стоит большой образ в киоте, с тяжелою лампадой, возле – ставник в белом чехле; на стенах висят портреты архиереев, вид Святогорского монастыря и венки из сухих васильков. Сергей Сергеич религиозен и любит благолепие. Образ поставлен его иждивением; по воскресеньям в приемной кто-нибудь из больных, по его приказанию, читает вслух акафист, а после чтения сам Сергей Сергеич обходит все палаты с кадильницей и кадит в них ладаном.

Больных много, а времени мало, и потому дело ограничивается одним только коротким опросом и выдачей какого-нибудь лекарства вроде летучей мази или касторки. Андрей Ефимыч сидит, подперев щеку кулаком, задумавшись, и машинально задает вопросы. Сергей Сергеич тоже сидит, потирает свои ручки и изредка вмешивается.

– Болеем и нужду терпим оттого, – говорит он, – что Господу милосердному плохо молимся. Да!

Во время приемки Андрей Ефимыч не делает никаких операций; он давно уже отвык от них, и вид крови его неприятно волнует. Когда ему приходится раскрывать ребенку рот, чтобы заглянуть в горло, а ребенок кричит и защищается ручонками, то от шума в ушах у него кружится голова и выступают слезы на глазах. Он торопится прописать лекарство и машет руками, чтобы баба поскорее унесла ребенка.

На приемке скоро ему прискучают робость больных и их бестолковость, близость благолепного Сергея Сергеича, портреты на стенах и свои собственные вопросы, которые он задает неизменно уже более двадцати лет. И он уходит, приняв пять-шесть больных. Остальных без него принимает фельдшер.

С приятною мыслью, что, слава богу, частной практики у него давно уже нет и что ему никто не помешает, Андрей Ефимыч, придя домой, немедленно садится в кабинете за стол и начинает читать. Читает он очень много и всегда с большим удовольствием. Половина жалованья уходит у него на покупку книг, и из шести комнат его квартиры три завалены книгами и старыми журналами. Больше всего он любит сочинения по истории и философии; по медицине же выписывает одного только «Врача», которого всегда начинает читать с конца. Чтение всякий раз продолжается без перерыва по нескольку часов и его не утомляет. Читает он не так быстро и порывисто, как когда-то читал Иван Дмитрич, а медленно, с проникновением, часто останавливаясь на местах, которые ему нравятся или непонятны. Около книги всегда стоит графинчик с водкой и лежит соленый огурец или моченое яблоко прямо на сукне, без тарелки. Через каждые полчаса он, не отрывая глаз от книги, наливает себе рюмку водки и выпивает, потом, не глядя, нащупывает огурец и откусывает кусочек.

В три часа он осторожно подходит к кухонной двери, кашляет и говорит:

— Дарьюшка, как бы мне пообедать…

После обеда, довольно плохого и неопрятного, Андрей Ефимыч ходит по своим комнатам, скрестив на груди руки, и думает. Бьет четыре часа, потом пять, а он все ходит и думает. Изредка поскрипывает кухонная дверь, и показывается из нее красное, заспанное лицо Дарьюшки.

— Андрей Ефимыч, вам не пора пиво пить? — спрашивает она озабоченно.

— Нет, еще не время… — отвечает он. — Я погожу… погожу…

К вечеру обыкновенно приходит почтмейстер, Михаил Аверьяныч, единственный во всем городе человек, общество которого для Андрея Ефимыча не тягостно. Михаил Аверьяныч когда-то был очень богатым помещиком и служил в кавалерии, но разорился и из нужды поступил под старость в почтовое ведомство. У него бодрый, здоровый вид, роскошные седые бакены, благовоспитанные манеры и громкий приятный голос. Он добр и чувствителен, но вспыльчив. Когда на почте кто-нибудь из посетителей протестует, не соглашается или просто начинает рассуждать, то Михаил Аверьяныч багровеет, трясется всем телом и кричит громовым голосом: «Замолчать!», так что за почтовым отделением давно уже установилась репутация учреждения, в котором страшно бывать. Михаил Аверьяныч уважает и любит Андрея Ефимыча за образованность и благородство души, к прочим же обывателям относится свысока, как к своим подчиненным.

— А вот и я! — говорит он, входя к Андрею Ефимычу. — Здравствуйте, мой дорогой! Небось я уже надоел вам, а?

— Напротив, очень рад, — отвечает ему доктор. — Я всегда рад вам.

Приятели садятся в кабинете на диван и некоторое время молча курят.

– Дарьюшка, как бы нам пива! – говорит Андрей Ефимыч.

Первую бутылку выпивают тоже молча: доктор – задумавшись, а Михаил Аверьяныч – с веселым, оживленным видом, как человек, который имеет рассказать что-то очень интересное. Разговор всегда начинает доктор.

– Как жаль, – говорит он медленно и тихо, покачивая головой и не глядя в глаза собеседнику (он никогда не смотрит в глаза), – как глубоко жаль, уважаемый Михаил Аверьяныч, что в нашем городе совершенно нет людей, которые бы умели и любили вести умную и интересную беседу. Это громадное для нас лишение. Даже интеллигенция не возвышается над пошлостью; уровень ее развития, уверяю вас, нисколько не выше, чем у низшего сословия.

– Совершенно верно. Согласен.

– Вы сами изволите знать, – продолжает доктор тихо и с расстановкой, – что на этом свете все незначительно и неинтересно, кроме высших духовных проявлений человеческого ума. Ум проводит резкую грань между животным и человеком, намекает на божественность последнего и в некоторой степени даже заменяет ему бессмертие, которого нет. Исходя из этого, ум служит единственно возможным источником наслаждения. Мы же не видим и не слышим около себя ума, – значит, мы лишены наслаждения. Правда, у нас есть книги, но это совсем не то, что живая беседа и общение. Если позволите сделать не совсем удачное сравнение, то книги – это ноты, а беседа – пение.

– Совершенно верно.

Наступает молчание. Из кухни выходит Дарьюшка и с выражением тупой скорби, подцепив кулачком лицо, останавливается в дверях, чтобы послушать.

– Эх! – вздыхает Михаил Аверьяныч. – Захотели от нынешних ума!

И он рассказывает, как жилось прежде здорово, весело и интересно, какая была в России умная интеллигенция и как высоко она ставила понятия о чести и дружбе. Давали деньги взаймы без векселя и считалось позором не протянуть руку помощи нуждающемуся товарищу. А какие были походы, приключения,

21

стычки, какие товарищи, какие женщины! А Кавказ – какой удивительный край! А жена одного батальонного командира, странная женщина, надевала офицерское платье и уезжала по вечерам в горы, без проводника. Говорят, что в аулах у нее был роман с каким-то князьком.

– Царица небесная, матушка… – вздыхает Дарьюшка.

– А как пили! Как ели! А какие были отчаянные либералы!

Андрей Ефимыч слушает и не слышит; он о чем-то думает и прихлебывает пиво.

– Мне часто снятся умные люди и беседы с ними, – говорит он неожиданно, перебивая Михаила Аверьяныча. – Мой отец дал мне прекрасное образование, но под влиянием идей шестидесятых годов заставил меня сделаться врачом. Мне кажется, что если б я тогда не послушался его, то теперь я находился бы в самом центре умственного движения. Вероятно, был бы членом какого-нибудь факультета. Конечно, ум тоже невечен и преходящ, но вы уже знаете, почему я питаю к нему склонность. Жизнь есть досадная ловушка. Когда мыслящий человек достигает возмужалости и приходит в зрелое сознание, то он невольно чувствует себя как бы в ловушке, из которой нет выхода. В самом деле, против его воли вызван он какими-то случайностями из небытия к жизни… Зачем? Хочет он узнать смысл и цель своего существования, ему не говорят или же говорят нелепости; он стучится – ему не отворяют; к нему приходит смерть – тоже против его воли. И вот, как в тюрьме, люди, связанные общим несчастием, чувствуют себя легче когда сходятся вместе, так и в жизни не замечаешь ловушки, когда люди, склонные к анализу и обобщениям, сходятся вместе и проводят время в обмене гордых, свободных идей. В этом смысле ум есть наслаждение незаменимое.

– Совершенно верно.

Не глядя собеседнику в глаза, тихо и с паузами, Андрей Ефимыч продолжает говорить об умных людях и беседах с ними, а Михаил Аверьяныч внимательно слушает его и соглашается: «Совершенно верно».

– А вы не верите в бессмертие души? – вдруг спрашивает почтмейстер.

– Нет, уважаемый Михаил Аверьяныч, не верю и не имею основания верить.

– Признаться, и я сомневаюсь. А хотя, впрочем, у меня такое чувство, как будто я никогда не умру. Ой, думаю себе, старый хрен, умирать пора! А в душе какой-то голосочек: не верь, не умрешь!..

В начале десятого часа Михаил Аверьяныч уходит. Надевая в передней шубу, он говорит со вздохом:

– Однако в какую глушь занесла нас судьба! Досаднее всего, что здесь и умирать придется. Эх!..

VII

Проводив приятеля, Андрей Ефимыч садится за стол и опять начинает читать. Тишина вечера и потом ночи не нарушается ни одним звуком, и время, кажется, останавливается и замирает вместе с доктором над книгой, и кажется, что ничего не существует, кроме этой книги и лампы с зеленым колпаком. Грубое, мужицкое лицо доктора мало-помалу озаряется улыбкой умиления и восторга перед движениями человеческого ума. О, зачем человек не бессмертен? – думает он. – Зачем мозговые центры и извилины, зачем зрение, речь, самочувствие, гений, если всему этому суждено уйти в почву и в конце концов охладеть вместе с земною корой, а потом миллионы лет без смысла и без цели носиться с землей вокруг солнца? Для того чтобы охладеть и потом носиться, совсем не нужно извлекать из небытия человека с его высоким, почти божеским умом и потом, словно в насмешку, превращать его в глину.

Обмен веществ! Но какая трусость утешать себя этим суррогатом бессмертия! Бессознательные процессы, происходящие в природе, ниже даже человеческой глупости, так как в глупости есть все-таки сознание и воля, в процессах же ровно ничего. Только трус, у которого больше страха перед смертью, чем достоинства, может утешать себя тем, что тело его будет со временем жить в траве, в камне, в жабе… Видеть свое бессмертие в обмене веществ так же странно, как пророчить блестящую будущность футляру после того, как разбилась и стала негодною дорогая скрипка.

Когда бьют часы, Андрей Ефимыч откидывается на спинку кресла и закрывает глаза, чтобы немножко подумать. И невзначай, под влиянием хороших мыслей, вычитанных из книги, он бросает взгляд на свое прошедшее и на настоящее. Прошлое противно, лучше не вспоминать о нем. А в настоящем то же, что в прошлом. Он знает, что в то время, когда его мысли носятся вместе с охлажденною землей вокруг солнца, рядом с докторской квартирой, в большом корпусе томятся люди в болезнях и физической нечистоте; быть может, кто-нибудь не спит и воюет с насекомыми, кто-нибудь заражается рожей или стонет от туго положенной повязки; быть может, больные играют в карты с сиделками и пьют водку. В отчетном году было обмануто двенадцать тысяч человек; все больничное дело, как и двадцать лет назад, построено на воровстве, дрязгах, сплетнях, кумовстве, на грубом шарлатанстве, и больница по-прежнему представляет из себя учреждение безнравственное и в высшей степени вредное для здоровья жителей. Он знает, что в палате № 6 за решетками Никита колотит больных и что Мойсейка каждый день ходит по городу и собирает милостыню.

С другой же стороны, ему отлично известно, что за последние двадцать пять лет с медициной произошла сказочная перемена. Когда он учился в университете, ему казалось, что медицину скоро постигнет участь алхимии и метафизики, теперь же, когда он читает по ночам, медицина трогает его и возбуждает в нем удивление и даже восторг. В самом деле, какой неожиданный блеск, какая революция! Благодаря антисептике делают операции, какие великий Пирогов считал невозможными даже in spe.[1] Обыкновенные земские врачи решаются производить резекцию коленного сустава, на сто чревосечений один только смертный случай, а каменная болезнь считается таким пустяком, что о ней даже не пишут. Радикально излечивается сифилис. А теория наследственности, гипнотизм, открытия Пастера и Коха, гигиена со статистикой, а наша русская земская медицина? Психиатрия с ее теперешнею классификацией болезней, методами распознавания и лечения – это в сравнении с тем, что было, целый Эльборус. Теперь помешанным не льют на голову холодную воду и не надевают на них горячечных рубах; их содержат по-человечески и даже, как пишут в газетах, устраивают для них спектакли и балы. Андрей Ефимыч знает, что при теперешних взглядах и вкусах такая мерзость, как палата № 6, возможна разве только в двухстах верстах от железной дороги, в городке, где городской голова и все гласные – полуграмотные мещане, видящие во враче жреца, которому нужно верить без всякой критики, хотя бы он вливал в рот расплавленное олово; в другом же месте публика и газеты давно бы уже расхватали в клочья эту маленькую Бастилию.

«Но что же? – спрашивает себя Андрей Ефимыч, открывая глаза. – Что же из этого? И антисептика, и Кох, и Пастер, а сущность дела нисколько не изменилась. Болезненность и смертность все те же. Сумасшедшим устраивают балы и спектакли, а на волю их все-таки не выпускают. Значит, все вздор и суета, и разницы между лучшею венскою клиникой и моею больницей, в сущности, нет никакой».

Но скорбь и чувство, похожее на зависть, мешают ему быть равнодушным. Это, должно быть, от утомления. Тяжелая голова склоняется к книге, он кладет под лицо руки, чтобы мягче было, и думает:

«Я служу вредному делу и получаю жалованье от людей, которых обманываю; я нечестен. Но ведь сам по себе я ничто, я только частица необходимого социального зла: все уездные чиновники вредны и даром получают жалованье… Значит, в своей нечестности виноват не я, а время… Родись я двумястами лет позже, я был бы другим».

Когда бьет три часа, он тушит лампу и уходит в спальню. Спать ему не хочется.

VIII

Года два тому назад земство расщедрилось и постановило выдавать триста рублей ежегодно в качестве пособия на усиление медицинского персонала в городской больнице впредь до открытия земской больницы, и на помощь Андрею Ефимычу был приглашен городом уездный врач Евгений Федорыч Хоботов. Это еще очень молодой человек – ему нет и тридцати, – высокий брюнет с широкими скулами и маленькими глазками; вероятно, предки его были инородцами. Приехал он в город без гроша денег, с небольшим чемоданчиком и с молодою некрасивою женщиной, которую он называет своею кухаркой. У этой женщины грудной младенец. Ходит Евгений Федорыч в фуражке с козырьком и в высоких сапогах, а зимой в полушубке. Он близко сошелся с фельдшером Сергеем Сергеичем и с казначеем, а остальных чиновников называет почему-то аристократами и сторонится их. Во всей квартире у него есть только одна книга – «Новейшие рецепты венской клиники за 1881 г.». Идя к больному, он всегда берет с собой и эту книжку. В клубе по вечерам играет он в бильярд, карт же не любит. Большой охотник употреблять в разговоре такие слова, как канитель, мантифолия с уксусом, будет тебе тень наводить и т. п.

В больнице он бывает два раза в неделю, обходит палаты и делает приемку больных. Совершенное отсутствие антисептики и кровососные банки возмущают его, но новых порядков он не вводит, боясь оскорбить этим Андрея Ефимыча. Своего коллегу Андрея Ефимыча он считает старым плутом, подозревает у него большие средства и втайне завидует ему. Он охотно бы занял его место.

IX

В один из весенних вечеров, в конце марта, когда уже на земле не было снега и в больничном саду пели скворцы, доктор вышел проводить до ворот своего приятеля почтмейстера. Как раз в это время во двор входил жид Мойсейка, возвращавшийся с добычи. Он был без шапки и в мелких калошах на босую ногу и в руках держал небольшой мешочек с милостыней.

– Дай копеечку! – обратился он к доктору, дрожа от холода и улыбаясь.

Андрей Ефимыч, который никогда не умел отказывать, подал ему гривенник.

«Как это нехорошо, – подумал он, глядя на его босые ноги с красными тощими щиколожками. – Ведь мокро».

И, побуждаемый чувством, похожим на жалость и на брезгливость, он пошел во флигель вслед за евреем, поглядывая то на его лысину, то на щиколожки. При входе доктора с кучи хлама вскочил Никита и вытянулся.

– Здравствуй, Никита, – сказал мягко Андрей Ефимыч. – Как бы этому еврею выдать сапоги, что ли, а то простудится.

– Слушаю, ваше высокоблагородие. Я доложу смотрителю.

– Пожалуйста. Ты попроси его от моего имени. Скажи, что я просил.

Дверь из сеней в палату была отворена. Иван Дмитрич, лежа на кровати и приподнявшись на локоть, с тревогой прислушивался к чужому голосу и вдруг узнал доктора. Он весь затрясся от гнева, вскочил и с красным, злым лицом, с глазами навыкате, выбежал на середину палаты.

– Доктор пришел! – крикнул он и захохотал. – Наконец-то! Господа, поздравляю, доктор удостаивает нас своим визитом! Проклятая гадина! – взвизгнул он и в исступлении, какого никогда еще не видели в палате, топнул ногой. – Убить эту гадину! Нет, мало убить! Утопить в отхожем месте!

Андрей Ефимыч, слышавший это, выглянул из сеней в палату и спросил мягко:

– За что?

– За что? – крикнул Иван Дмитрич, подходя к нему с угрожающим видом и судорожно запахиваясь в халат. – За что? Вор! – проговорил он с отвращением и делая губы так, как будто желая плюнуть. – Шарлатан! Палач!

– Успокойтесь, – сказал Андрей Ефимыч, виновато улыбаясь. – Уверяю вас, я никогда ничего не крал, в остальном же, вероятно, вы сильно преувеличиваете. Я вижу, что вы на меня сердиты. Успокойтесь, прошу вас, если можете, и скажите хладнокровно: за что вы сердиты?

– А за что вы меня здесь держите?

– За то, что вы больны.

– Да, болен. Но ведь десятки, сотни сумасшедших гуляют на свободе, потому что ваше невежество не способно отличить их от здоровых. Почему же я и вот эти несчастные должны сидеть тут за всех, как козлы отпущения? Вы, фельдшер, смотритель и вся ваша больничная сволочь в нравственном отношении неизмеримо ниже каждого из нас, почему же мы сидим, а вы нет? Где логика?

– Нравственное отношение и логика тут ни при чем. Все зависит от случая. Кого посадили, тот сидит, а кого не посадили, тот гуляет, вот и все. В том, что я доктор, а вы душевнобольной, нет ни нравственности, ни логики, а одна только пустая случайность.

– Этой ерунды я не понимаю... – глупо проговорил Иван Дмитрич и сел на свою кровать.

Мойсейка, которого Никита постеснялся обыскивать в присутствии доктора, разложил у себя на постели кусочки хлеба, бумажки и косточки и, все еще дрожа от холода, что-то быстро и певуче заговорил по-еврейски. Вероятно, он вообразил, что открыл лавочку.

– Отпустите меня, – сказал Иван Дмитрич, и голос его дрогнул.

– Не могу.

– Но почему же? Почему?

– Потому что это не в моей власти. Посудите, какая польза вам от того, если я отпущу вас? Идите. Вас задержат горожане или полиция и вернут назад.

– Да, да, это правда... – проговорил Иван Дмитрич и потер себе лоб. – Это ужасно! Но что же мне делать? Что?

Голос Ивана Дмитрича и его молодое умное лицо с гримасами понравились Андрею Ефимычу. Ему захотелось приласкать молодого человека и успокоить его. Он сел рядом с ним на постель, подумал и сказал:

– Вы спрашиваете, что делать? Самое лучшее в вашем положении – бежать отсюда. Но, к сожалению, это бесполезно. Вас задержат. Когда общество ограждает себя от преступников, психических больных и вообще неудобных людей, то оно непобедимо. Вам остается одно: успокоиться на мысли, что ваше пребывание здесь необходимо.

– Никому оно не нужно.

– Раз существуют тюрьмы и сумасшедшие дома, то должен же кто-нибудь сидеть в них. Не вы – так я, не я – так кто-нибудь третий. Погодите, когда в далеком будущем закончат свое существование тюрьмы и сумасшедшие дома, то не будет ни решеток на окнах, ни халатов. Конечно, такое время рано или поздно настанет.

Иван Дмитрич насмешливо улыбнулся.

— Вы шутите, — сказал он, щуря глаза. — Таким господам, как вы и ваш помощник Никита, нет никакого дела до будущего, но можете быть уверены, милостивый государь, настанут лучшие времена! Пусть я выражаюсь пошло, смейтесь, но воссияет заря новой жизни, восторжествует правда, и — на нашей улице будет праздник! Я не дождусь, издохну, но зато чьи-нибудь правнуки дождутся. Приветствую их от всей души и радуюсь, радуюсь за них! Вперед! Помогай вам бог, друзья!

Иван Дмитрич с блестящими глазами поднялся и, протягивая руки к окну, продолжал с волнением в голосе:

— Из-за этих решеток благословляю вас! Да здравствует правда! Радуюсь!

— Я не нахожу особенной причины радоваться, — сказал Андрей Ефимыч, которому движение Ивана Дмитрича показалось театральным и в то же время очень понравилось. — Тюрем и сумасшедших домов не будет, и правда, как вы изволили выразиться, восторжествует, но ведь сущность вещей не изменится, законы природы останутся всё те же. Люди будут болеть, стариться и умирать так же, как и теперь. Какая бы великолепная заря ни освещала вашу жизнь, все же в конце концов вас заколотят в гроб и бросят в яму.

— А бессмертие?

— Э, полноте!

— Вы не верите, ну а я верю. У Достоевского или у Вольтера кто-то говорит, что если бы не было Бога, то его выдумали бы люди. А я глубоко верю, что если нет бессмертия, то его рано или поздно изобретет великий человеческий ум.

— Хорошо сказано, — проговорил Андрей Ефимыч, улыбаясь от удовольствия. — Это хорошо, что вы веруете. С такой верой можно жить припеваючи даже замуравленному в стене. Вы изволили где-нибудь получить образование?

— Да, я был в университете, но не кончил.

— Вы мыслящий и вдумчивый человек. При всякой обстановке вы можете находить успокоение в самом себе. Свободное и глубокое мышление, которое стремится к уразумению жизни, и полное презрение к глупой суете мира — вот два блага, выше которых никогда не знал человек. И вы можете обладать ими, хотя бы вы жили за тремя решетками. Диоген жил в бочке, однако же был счастливее всех царей земных.

– Ваш Диоген был болван, – угрюмо проговорил Иван Дмитрич. – Что вы мне говорите про Диогена да про какое-то уразумение? – рассердился он вдруг и вскочил. – Я люблю жизнь, люблю страстно! У меня мания преследования, постоянный мучительный страх, но бывают минуты, когда меня охватывает жажда жизни, и тогда я боюсь сойти с ума. Ужасно хочу жить, ужасно!

Он в волнении прошелся по палате и сказал, понизив голос:

– Когда я мечтаю, меня посещают призраки. Ко мне ходят какие-то люди, я слышу голоса, музыку, и кажется мне, что я гуляю по каким-то лесам, по берегу моря, и мне так страстно хочется суеты, заботы… Скажите мне, ну что там нового? – спросил Иван Дмитрич. – Что там?

– Вы про город желаете знать или вообще?

– Ну, сначала расскажите мне про город, а потом вообще.

– Что ж? В городе томительно скучно… Не с кем слова сказать, некого послушать. Новых людей нет. Впрочем, приехал недавно молодой врач Хоботов.

– Он еще при мне приехал. Что, хам?

– Да, некультурный человек. Странно, знаете ли… Судя по всему, в наших столицах нет умственного застоя, есть движение, – значит, должны быть там и настоящие люди, но почему-то всякий раз оттуда присылают к нам таких людей, что не глядел бы. Несчастный город!

– Да, несчастный город! – вздохнул Иван Дмитрич и засмеялся. – А вообще как? Что пишут в газетах и журналах?

В палате было уже темно. Доктор поднялся и стоя начал рассказывать, что пишут за границей и в России и какое замечается теперь направление мысли. Иван Дмитрич внимательно слушал и задавал вопросы, но вдруг, точно вспомнив что-то ужасное, схватил себя за голову и лег на постель спиной к доктору.

– Что с вами? – спросил Андрей Ефимыч.

– Вы от меня не услышите больше ни одного слова! – грубо проговорил Иван Дмитрич. – Оставьте меня!

– Отчего же?

– Говорю вам: оставьте! Какого дьявола?

Андрей Ефимыч пожал плечами, вздохнул и вышел. Проходя через сени, он сказал:

– Как бы здесь убрать, Никита… Ужасно тяжелый запах!

– Слушаю, ваше высокоблагородие!

«Какой приятный молодой человек! – думал Андрей Ефимыч, идя к себе на квартиру. – За все время, пока я тут живу, это, кажется, первый, с которым можно поговорить. Он умеет рассуждать и интересуется именно тем, чем нужно».

Читая и потом ложась спать, он все время думал об Иване Дмитриче, а проснувшись на другой день утром, вспомнил, что вчера познакомился с умным и интересным человеком, и решил сходить к нему еще раз при первой возможности.

X

Иван Дмитрич лежал в такой же позе, как вчера, обхватив голову руками и поджав ноги. Лица его не было видно.

– Здравствуйте, мой друг, – сказал Андрей Ефимыч. – Вы не спите?

– Во-первых, я вам не друг, – проговорил Иван Дмитрич в подушку, – а во-вторых, вы напрасно хлопочете: вы не добьетесь от меня ни одного слова.

– Странно… – пробормотал Андрей Ефимыч в смущении. – Вчера мы беседовали так мирно, но вдруг вы почему-то обиделись и сразу оборвали… Вероятно, я выразился как-нибудь неловко или, быть может, высказал мысль, не согласную с вашими убеждениями…

– Да, так я вам и поверю! – сказал Иван Дмитрич, приподнимаясь и глядя на доктора насмешливо и с тревогой; глаза у него были красны. – Можете идти шпионить и пытать в другое место, а тут вам нечего делать.

Я еще вчера понял, зачем вы приходили.

– Странная фантазия! – усмехнулся доктор. – Значит, вы полагаете, что я шпион?

— Да, полагаю… Шпион или доктор, к которому положили меня на испытание, – это все равно.

— Ах, какой вы, право, извините… чудак!

Доктор сел на табурет возле постели и укоризненно покачал головой.

— Но допустим, что вы правы, – сказал он. – Допустим, что я предательски ловлю вас на слове, чтобы выдать полиции. Вас арестуют и потом судят. Но разве в суде и в тюрьме вам будет хуже, чем здесь? А если сошлют на поселение и даже на каторгу, то разве это хуже, чем сидеть в этом флигеле? Полагаю, не хуже… Чего же бояться?

Видимо, эти слова подействовали на Ивана Дмитрича. Он покойно сел.

Был пятый час вечера – время, когда обыкновенно Андрей Ефимыч ходит у себя по комнатам и Дарьюшка спрашивает его, не пора ли ему пиво пить. На дворе была тихая, ясная погода.

— А я после обеда вышел прогуляться, да вот и зашел, как видите, – сказал доктор. – Совсем весна.

— Теперь какой месяц? Март? – спросил Иван Дмитрич.

— Да, конец марта.

— Грязно на дворе?

— Нет, не очень. В саду уже тропинки.

— Теперь бы хорошо проехаться в коляске куда-нибудь за город, – сказал Иван Дмитрич, потирая свои красные глаза, точно спросонок, – потом вернуться бы домой в теплый, уютный кабинет и… и полечиться у порядочного доктора от головной боли… Давно уже я не жил по-человечески. А здесь гадко! Нестерпимо гадко!

После вчерашнего возбуждения он был утомлен и вял и говорил неохотно. Пальцы у него дрожали, и по лицу видно было, что у него сильно болела голова.

— Между теплым, уютным кабинетом и этою палатой нет никакой разницы, – сказал Андрей Ефимыч. – Покой и довольство человека не вне его, а в нем самом.

— То есть как?

— Обыкновенный человек ждет хорошего или дурного извне, то есть от коляски и кабинета, а мыслящий – от самого себя.

– Идите проповедуйте эту философию в Греции, где тепло и пахнет померанцем, а здесь она не по климату. С кем это я говорил о Диогене? С вами, что ли?

– Да, вчера со мной.

– Диоген не нуждался в кабинете и в теплом помещении; там и без того жарко. Лежи себе в бочке да кушай апельсины и оливки. А доведись ему в России жить, так он не то что в декабре, а в мае запросился бы в комнату. Небось скрючило бы от холода.

– Нет. Холод, как и вообще всякую боль, можно не чувствовать. Марк Аврелий сказал: «Боль есть живое представление о боли: сделай усилие воли, чтоб изменить это представление, откинь его, перестань жаловаться, и боль исчезнет». Это справедливо. Мудрец или попросту мыслящий, вдумчивый человек отличается именно тем, что презирает страдание; он всегда доволен и ничему не удивляется.

– Значит, я идиот, так как я страдаю, недоволен и удивляюсь человеческой подлости.

– Это вы напрасно. Если вы почаще будете вдумываться, то вы поймете, как ничтожно все то внешнее, что волнует нас. Нужно стремиться к уразумению жизни, а в нем – истинное благо.

– Уразумение… – поморщился Иван Дмитрич. – Внешнее, внутреннее… Извините, я этого не понимаю. Я знаю только, – сказал он, вставая и сердито глядя на доктора, – я знаю, что Бог создал меня из теплой крови и нервов, да-с! А органическая ткань, если она жизнеспособна, должна реагировать на всякое раздражение. И я реагирую! На боль я отвечаю криком и слезами, на подлость—негодованием, на мерзость – отвращением. По-моему, это, собственно, и называется жизнью. Чем ниже организм, тем он менее чувствителен и тем слабее отвечает на раздражение, и чем выше, тем он восприимчивее и энергичнее реагирует на действительность. Как не знать этого? Доктор, а не знает таких пустяков! Чтобы презирать страдание, быть всегда довольным и ничему не удивляться, нужно дойти вот до этакого состояния, – и Иван Дмитрич указал на толстого, заплывшего жиром мужика, – или же закалить себя страданиями до такой степени, чтобы потерять всякую чувствительность к ним, то есть, другими словами, перестать жить. Извините, я не мудрец и не философ, – продолжал

Иван Дмитрич с раздражением, – и ничего я в этом не понимаю. Я не в состоянии рассуждать.

– Напротив, вы прекрасно рассуждаете.

– Стоики, которых вы пародируете, были замечательные люди, но учение их застыло еще две тысячи лет назад и ни капли не подвинулось вперед и не будет двигаться, так как оно не практично и не жизненно. Оно имело успех только у меньшинства, которое проводит свою жизнь в штудировании и смаковании всяких учений, большинство же не понимало его. Учение, проповедующее равнодушие к богатству, к удобствам жизни, презрение к страданиям и смерти, совсем непонятно для громадного большинства, так как это большинство никогда не знало ни богатства, ни удобств в жизни; а презирать страдания значило бы для него презирать самую жизнь, так как все существо человека состоит из ощущений голода, холода, обид, потерь и гамлетовского страха перед смертью. В этих ощущениях вся жизнь: ею можно тяготиться, ненавидеть ее, но не презирать. Да, так, повторяю, учение стоиков никогда не может иметь будущности, прогрессируют же, как видите, от начала века до сегодня борьба, чуткость к боли, способность отвечать на раздражение…

Иван Дмитрич вдруг потерял нить мыслей, остановился и досадливо потер лоб.

– Хотел сказать что-то важное, да сбился, – сказал он. – О чем я? Да! Так вот я и говорю: кто-то из стоиков продал себя в рабство затем, чтобы выкупить своего ближнего. Вот видите, значит, и стоик реагировал на раздражение, так как для такого великодушного акта, как уничтожение себя ради ближнего, нужна возмущенная, сострадающая душа. Я забыл тут в тюрьме все, что учил, а то бы еще что-нибудь вспомнил. А Христа взять? Христос отвечал на действительность тем, что плакал, улыбался, печалился, гневался, даже тосковал; он не с улыбкой шел навстречу страданиям и не презирал смерти, а молился в саду Гефсиманском, чтобы его миновала чаша сия.

Иван Дмитрич засмеялся и сел.

– Положим, покой и довольство человека не вне его, а в нем самом, – сказал он. – Положим, нужно презирать страдания и ничему не удивляться. Но вы-то на каком основании проповедуете это? Вы мудрец? Философ?

— Нет, я не философ, но проповедовать это должен каждый, потому что это разумно.

— Нет, я хочу знать, почему вы в деле уразумения, презрения к страданиям и прочее считаете себя компетентным? Разве вы страдали когда-нибудь? Вы имеете понятие о страданиях? Позвольте: вас в детстве секли?

— Нет, мои родители питали отвращение к телесным наказаниям.

— А меня отец порол жестоко. Мой отец был крутой, геморроидальный чиновник, с длинным носом и с желтою шеей. Но будем говорить о вас. Во всю вашу жизнь до вас никто не дотронулся пальцем, никто вас не запугивал, не забивал; здоровы вы, как бык. Росли вы под крылышком отца и учились на его счет, а потом сразу захватили синекуру. Больше двадцати лет вы жили на бесплатной квартире, с отоплением, с освещением, с прислугой, имея при том право работать, как и сколько вам угодно, хоть ничего не делать. От природы вы человек ленивый, рыхлый и потому старались складывать свою жизнь так, чтобы вас ничто не беспокоило и не двигало с места. Дела вы сдали фельдшеру и прочей сволочи, а сами сидели в тепле да в тишине, копили деньги, книжки почитывали, услаждали себя размышлениями о разной возвышенной чепухе и (Иван Дмитрич посмотрел на красный нос доктора) выпивахом. Одним словом, жизни вы не видели, не знаете ее совершенно, а с действительностью знакомы только теоретически. А презираете вы страдания и ничему не удивляетесь по очень простой причине: суета сует, внешнее и внутреннее презрение к жизни, страданиям и смерти, уразумение, истинное благо — все это философия, самая подходящая для российского лежебока. Видите вы, например, как мужик бьет жену. Зачем вступаться? Пускай бьет, все равно оба помрут рано или поздно; и бьющий к тому же оскорбляет побоями не того, кого бьет, а самого себя. Пьянствовать глупо, неприлично, но пить — умирать, и не пить — умирать. Приходит баба, зубы болят... Ну, что ж? Боль есть представление о боли, и к тому же без болезней не проживешь на этом свете, все помрем, а потому ступай, баба, прочь, не мешай мне мыслить и водку пить. Молодой человек просит совета, что делать, как жить; прежде чем ответить, другой бы задумался, а тут уж готов

35

ответ: стремись к уразумению или к истинному благу. А что такое это фантастическое «истинное благо»? Ответа нет, конечно. Нас держат здесь за решеткой, гноят, истязуют, но это прекрасно и разумно, потому что между этою палатой и теплым, уютным кабинетом нет никакой разницы. Удобная философия: и делать нечего, и совесть чиста, и мудрецом себя чувствуешь… Нет, сударь, это не философия, не мышление, не широта взгляда, а лень, факирство, сонная одурь… Да! – опять рассердился Иван Дмитрич. – Страдание презираете, а небось прищеми вам дверью палец, так заорете во все горло!

– А может, и не заору, – сказал Андрей Ефимыч, кротко улыбаясь.

– Да, как же! А вот если бы вас трахнул паралич или, положим, какой-нибудь дурак и наглец, пользуясь своим положением и чином, оскорбил вас публично и вы знали бы, что это пройдет ему безнаказанно, – ну, тогда бы вы поняли, как это отсылать других к уразумению и истинному благу.

– Это оригинально, – сказал Андрей Ефимыч, смеясь от удовольствия и потирая руки. – Меня приятно поражает в вас склонность к обобщениям, а моя характеристика, которую вы только что изволили сделать, просто блестяща. Признаться, беседа с вами доставляет мне громадное удовольствие. Ну-с я вас выслушал, теперь и вы благоволите выслушать меня…

XI

Этот разговор продолжался еще около часа и, по-видимому, произвел на Андрея Ефимыча глубокое впечатление. Он стал ходить во флигель каждый день. Ходил он туда по утрам и после обеда, и часто вечерняя темнота заставала его в беседе с Иваном Дмитричем. В первое время Иван Дмитрич дичился его, подозревал в злом умысле и откровенно выражал свою неприязнь, потом же привык к нему и свое резкое обращение сменил на снисходительно-ироническое.

Скоро по больнице разнесся слух, что доктор Андрей Ефимыч стал посещать палату № 6. Никто – ни фельдшер, ни Никита, ни сиделки не могли понять, зачем он ходил туда, зачем просиживал там по целым часам, о чем разговаривал и почему не прописывал рецептов. Поступки его казались странными. Михаил Аверьяныч часто не заставал его дома, чего раньше никогда не случалось, и Дарьюшка была смущена, так как доктор пил пиво уже не в определенное время и иногда даже запаздывал к обеду.

Однажды, это было уже в конце июня, доктор Хоботов пришел по какому-то делу к Андрею Ефимычу; не застав его дома, он отправился искать его по двору; тут ему сказали, что старый доктор пошел к душевнобольным. Войдя во флигель и остановившись в сенях, Хоботов услышал такой разговор:

— Мы никогда не споемся, и обратить меня в свою веру вам не удастся, — говорил Иван Дмитрич с раздражением. — С действительностью вы совершенно незнакомы, и никогда вы не страдали, а только, как пьяница, кормились около чужих страданий, я же страдал непрерывно со дня рождения до сегодня. Поэтому говорю откровенно: я считаю себя выше вас и компетентнее во всех отношениях. Не вам учить меня.

— Я совсем не имею претензии обращать вас в свою веру, — проговорил Андрей Ефимыч тихо и с сожалением, что его не хотят понять. — И не в этом дело, мой друг. Дело не в том, что вы страдали, а я нет. Страдания и радости преходящи; оставим их, бог с ними. А дело в том, что мы с вами мыслим; мы видим друг в друге людей, которые способны мыслить и рассуждать, и это делает нас солидарными, как бы различны ни были наши взгляды. Если бы вы знали, друг мой, как надоели мне всеобщее безумие, бездарность, тупость и с какою радостью я всякий раз беседую с вами! Вы умный человек, и я наслаждаюсь вами.

Хоботов отворил на вершок дверь и взглянул в палату; Иван Дмитрич в колпаке и доктор Андрей Ефимыч сидели рядом на постели. Сумасшедший гримасничал, вздрагивал и судорожно запахивался в халат, а доктор сидел неподвижно, опустив голову, и лицо у него было красное, беспомощное, грустное. Хоботов пожал плечами, усмехнулся и переглянулся с Никитой. Никита тоже пожал плечами.

На другой день Хоботов приходил во флигель вместе с фельдшером. Оба стояли в сенях и подслушивали.

— А наш дед, кажется, совсем сдрефил! — сказал Хоботов, выходя из флигеля.

— Господи, помилуй нас, грешных! — вздохнул благолепный Сергей Сергеич, старательно обходя лужицы, чтобы не запачкать своих ярко вычищенных сапогов. — Признаться, уважаемый Евгений Федорыч, я давно уже ожидал этого!

XII

После этого Андрей Ефимыч стал замечать кругом какую-то таинственность. Мужики, сиделки и больные при встрече с ним вопросительно взглядывали на него и потом шептались. Девочка Маша, дочь смотрителя, которую он любил встречать в больничном саду, теперь, когда он с улыбкой подходил к ней, чтобы погладить ее по головке, почему-то убегала от него. Почтмейстер Михаил Аверьяныч, слушая его, уже не говорил: «Совершенно верно», а в непонятном смущении бормотал: «Да, да, да…» и глядел на него задумчиво и печально; почему-то он стал советовать своему другу оставить водку и пиво, но при этом, как человек деликатный, говорил не прямо, а намеками, рассказывая то про одного батальонного командира, отличного человека, то про полкового священника, славного малого, которые пили и заболели, но, бросив пить, совершенно выздоровели. Два-три раза приходил к Андрею Ефимычу коллега Хоботов; он тоже советовал оставить спиртные напитки и без всякого видимого повода рекомендовал принимать бромистый калий.

В августе Андрей Ефимыч получил от городского головы письмо с просьбой пожаловать по очень важному делу. Придя в назначенное время в управу, Андрей Ефимыч застал там воинского начальника, штатного смотрителя уездного училища, члена управы, Хоботова и еще какого-то полного белокурого господина, которого представили ему как доктора. Этот доктор, с польскою, трудно выговариваемою фамилией, жил в тридцати верстах от города, на конском заводе, и был теперь в городе проездом.

— Тут заявленьице по вашей части-с, — обратился член управы к Андрею Ефимычу после того, как все поздоровались и сели за стол.

– Вот Евгений Федорыч говорят, что аптеке тесновато в главном корпусе и что ее надо бы перевести в один из флигелей. Оно, конечно, это ничего, перевести можно, но главная причина – флигель ремонту захочет.

– Да, без ремонта не обойтись, – сказал Андрей Ефимыч, подумав. – Если, например, угловой флигель приспособить для аптеки, то на это, полагаю, понадобится minimum рублей пятьсот. Расход непроизводительный.

Немного помолчали.

– Я уже имел честь докладывать десять лет назад, – продолжал Андрей Ефимыч тихим голосом, – что эта больница в настоящем ее виде является для города роскошью не по средствам. Строилась она в сороковых годах, но ведь тогда были не те средства. Город слишком много затрачивает на ненужные постройки и лишние должности. Я думаю, на эти деньги можно было бы, при других порядках, содержать две образцовые больницы.

– Так вот и давайте заводить другие порядки! – живо сказал член управы.

– Я уже имел честь докладывать: передайте медицинскую часть в ведение земства.

– Да, передайте земству деньги, а оно украдет, – засмеялся белокурый доктор.

– Это как водится, – согласился член управы и тоже засмеялся.

Андрей Ефимыч вяло и тускло посмотрел на белокурого доктора и сказал:

– Надо быть справедливым.

Опять помолчали. Подали чай. Воинский начальник, почему-то очень смущенный, через стол дотронулся до руки Андрея Ефимыча и сказал:

– Совсем вы нас забыли, доктор. Впрочем, вы монах: в карты не играете, женщин не любите. Скучно вам с нашим братом.

Все заговорили о том, как скучно порядочному человеку жить в этом городе. Ни театра, ни музыки, а на последнем танцевальном вечере в клубе было около двадцати дам и только два кавалера. Молодежь не танцует, а все время толпится около буфета или играет в карты. Андрей Ефимыч медленно и тихо, ни на кого не глядя, стал говорить о том, как жаль, как глубоко жаль, что горожане тратят свою жизненную энергию, свое сердце и ум на карты и сплетни, а не умеют и не хотят проводить время в интересной беседе и в чтении, не хотят пользоваться наслаждениями, какие дает ум. Только один ум интересен и замечателен, все же остальное мелко и низменно. Хоботов внимательно слушал своего коллегу и вдруг спросил:

— Андрей Ефимыч, какое сегодня число?

Получив ответ, он и белокурый доктор тоном экзаменаторов, чувствующих свою неумелость, стали спрашивать у Андрея Ефимыча, какой сегодня день, сколько дней в году и правда ли, что в палате № 6 живет замечательный пророк.

В ответ на последний вопрос Андрей Ефимыч покраснел и сказал:

— Да, это больной, но интересный молодой человек.

Больше ему не задавали никаких вопросов.

Когда он в передней надевал пальто, воинский начальник положил руку ему на плечо и сказал со вздохом:

— Нам, старикам, на отдых пора!

Выйдя из управы, Андрей Ефимыч понял, что это была комиссия, назначенная для освидетельствования его умственных способностей. Он вспомнил вопросы, которые задавали ему, покраснел, и почему-то теперь первый раз в жизни ему стало горько жаль медицину.

«Боже мой, — думал он, вспоминая, как врачи только что исследовали его, — ведь они так недавно слушали психиатрию, держали экзамен, — откуда же это круглое невежество? Они понятия не имеют о психиатрии!»

И в первый раз в жизни он почувствовал себя оскорбленным и рассерженным.

В тот же день вечером у него был Михаил Аверьяныч. Не здороваясь, почтмейстер подошел к нему, взял его за обе руки и сказал взволнованным голосом:

— Дорогой мой, друг мой, докажите мне, что вы верите в мое искреннее расположение и считаете меня своим другом... Друг мой! — И, мешая говорить Андрею Ефимычу, он продолжал, волнуясь: — Я люблю вас за образованность и благородство души. Слушайте меня, мой дорогой. Правила науки обязывают докторов скрывать от вас правду, но я по-военному режу правду-матку: вы нездоровы! Извините меня, мой дорогой, но это правда, это давно уже заметили все окружающие. Сейчас мне доктор Евгений Федорыч говорил, что для пользы вашего здоровья вам необходимо отдохнуть и развлечься. Совершенно верно! Превосходно! На сих днях я беру отпуск и уезжаю понюхать другого воздуха. Докажите же, что вы мне друг, поедем вместе! Поедем, тряхнем стариной.

— Я чувствую себя совершенно здоровым, — сказал Андрей Ефимыч, подумав. — Ехать же не могу. Позвольте мне как-нибудь иначе доказать вам свою дружбу.

Ехать куда-то, неизвестно зачем, без книг, без Дарьюшки, без пива, резко нарушить порядок жизни, установившийся за двадцать лет, — такая идея в первую минуту показалась ему дикою и фантастическою. Но он вспомнил разговор, бывший в управе, и тяжелое настроение, какое он испытал, возвращаясь из управы домой, и мысль уехать ненадолго из города, где глупые люди считают его сумасшедшим, улыбнулась ему.

— А вы, собственно, куда намерены ехать? — спросил он.

— В Москву, в Петербург, в Варшаву... В Варшаве я провел пять счастливейших лет моей жизни. Что за город изумительный! Едемте, дорогой мой!

XIII

Через неделю Андрею Ефимычу предложили отдохнуть, то есть подать в отставку, к чему он отнесся равнодушно, а еще через неделю он и Михаил Аверьяныч уже сидели в почтовом тарантасе и ехали на ближайшую железнодорожную станцию. Дни были прохладные, ясные, с голубым небом и с прозрачною далью. Двести верст до станции проехали в двое суток и по пути два раза ночевали. Когда на почтовых станциях подавали к чаю дурно вымытые стаканы или долго запрягали лошадей, то Михаил Аверьяныч багровел, трясся всем телом и кричал: «Замолчать! не рассуждать!» А сидя в тарантасе, он, не переставая ни на минуту, рассказывал о своих поездках по Кавказу и Царству Польскому. Сколько было приключений, какие встречи! Он говорил громко и при этом делал такие удивленные глаза, что можно было подумать, что он лгал. Вдобавок, рассказывая, он дышал в лицо Андрею Ефимычу и хохотал ему в ухо. Это стесняло доктора и мешало ему думать и сосредоточиться.

По железной дороге ехали из экономии в третьем классе, в вагоне для некурящих. Публика наполовину была чистая. Михаил Аверьяныч скоро со всеми перезнакомился и, переходя от скамьи к скамье, громко говорил, что не следует ездить по этим возмутительным дорогам. Кругом мошенничество! То ли дело верхом на коне: отмахаешь в один день сто верст и потом чувствуешь себя здоровым и свежим. А неурожаи у нас оттого, что осушили Пинские болота. Вообще беспорядки страшные. Он горячился, говорил громко и не давал говорить другим. Эта бесконечная болтовня вперемежку с громким хохотом и выразительными жестами утомила Андрея Ефимыча.

«Кто из нас обоих сумасшедший? – думал он с досадой. – Я ли, который стараюсь ничем не обеспокоить пассажиров, или этот эгоист, который думает, что он здесь умнее и интереснее всех, и оттого никому не дает покоя?»

В Москве Михаил Аверьяныч надел военный сюртук без погонов и панталоны с красными кантами. На улице он ходил в военной фуражке и в шинели, и солдаты отдавали ему честь. Андрею Ефимычу теперь казалось, что это был человек, который из всего барского, которое у него когда-то было, промотал все хорошее и оставил себе одно только дурное. Он любил, чтобы ему услуживали, даже когда это было совершенно не нужно. Спички лежали перед ним на столе, и он их видел, но кричал человеку, чтобы тот подал ему спички; при горничной он не стеснялся ходить в одном нижнем белье; лакеям всем без разбора, даже старикам, говорил ты и, осердившись, величал их болванами и дураками. Это, как казалось Андрею Ефимычу, было барственно, но гадко.

Прежде всего Михаил Аверьяныч повел своего друга к Иверской. Он молился горячо, с земными поклонами и со слезами, и когда кончил, глубоко вздохнул и сказал:

– Хоть и не веришь, но оно как-то покойнее, когда помолишься. Приложитесь, голубчик.

Андрей Ефимыч сконфузился и приложился к образу, а Михаил Аверьяныч вытянул губы и, покачивая головой, помолился шепотом, и опять у него на глазах навернулись слезы. Затем пошли в Кремль и посмотрели там на царь-пушку и царь-колокол и даже пальцами их потрогали, полюбовались видом на Замоскворечье, побывали в храме Спасителя и в Румянцевском музее.

Обедали они у Тестова. Михаил Аверьяныч долго смотрел в меню, разглаживая бакены, и сказал тоном гурмана, привыкшего чувствовать себя в ресторанах как дома:

— Посмотрим, чем вы нас сегодня покормите, ангел!

XIV

Доктор ходил, смотрел, ел, пил, но чувство у него было одно: досада на Михаила Аверьяныча. Ему хотелось отдохнуть от друга, уйти от него, спрятаться, а друг считал своим долгом не отпускать его ни на шаг от себя и доставлять ему возможно больше развлечений. Когда не на что было смотреть, он развлекал его разговорами. Два дня терпел Андрей Ефимыч, но на третий объявил своему другу, что он болен и хочет остаться на весь день дома. Друг сказал, что в таком случае и он остается. В самом деле, надо отдохнуть, а то этак ног не хватит. Андрей Ефимыч лег на диван, лицом к спинке, и, стиснув зубы, слушал своего друга, который горячо уверял его, что Франция рано или поздно непременно разобьет Германию, что в Москве очень много мошенников и что по наружному виду лошади нельзя судить о ее достоинствах. У доктора начались шум в ушах и сердцебиение, но попросить друга уйти или помолчать он из деликатности не решался. К счастию, Михаилу Аверьянычу наскучило сидеть в номере, и он после обеда ушел прогуляться.

Оставшись один, Андрей Ефимыч предался чувству отдыха. Как приятно лежать неподвижно на диване и сознавать, что ты один в комнате! Истинное счастие невозможно без одиночества. Падший ангел изменил Богу, вероятно, потому, что захотел одиночества, которого не знают ангелы. Андрей Ефимыч хотел думать о том, что он видел и слышал в последние дни, но Михаил Аверьяныч не выходил у него из головы.

«А ведь он взял отпуск и поехал со мной из дружбы, из великодушия, – думал доктор с досадой. – Хуже нет ничего, как эта дружеская опека. Ведь вот, кажется, и добр, и великодушен, и весельчак, а скучен. Нестерпимо скучен. Так же вот бывают люди, которые всегда говорят одни только умные и хорошие слова, но чувствуешь, что они тупые люди».

В следующие затем дни Андрей Ефимыч сказывался больным и не выходил из номера. Он лежал лицом к спинке дивана и томился, когда друг развлекал его разговорами, или же отдыхал, когда друг отсутствовал. Он досадовал на себя за то, что поехал, и на друга, который с каждым днем становился все болтливее и развязнее; настроить свои мысли на серьезный, возвышенный лад ему никак не удавалось.

«Это меня пробирает действительность, о которой говорил Иван Дмитрич, – думал он, сердясь на свою мелочность. – Впрочем, вздор… Приеду домой, и все пойдет по-старому…»

И в Петербурге то же самое: он по целым дням не выходил из номера, лежал на диване и вставал только затем, чтобы выпить пива.

Михаил Аверьяныч все время торопил ехать в Варшаву.

– Дорогой мой, зачем я туда поеду? – говорил Андрей Ефимыч умоляющим голосом. – Поезжайте одни, а мне позвольте ехать домой! Прошу вас!

– Ни под каким видом! – протестовал Михаил Аверьяныч. – Это изумительный город. В нем я провел пять счастливейших лет моей жизни.

У Андрея Ефимыча не хватило характера настоять на своем, и он скрепя сердце поехал в Варшаву. Тут он не выходил из номера, лежал на диване и злился на себя, на друга и на лакеев, которые упорно отказывались понимать по-русски, а Михаил Аверьяныч, по обыкновению, здоровый, бодрый и веселый, с утра до вечера гулял по городу и разыскивал своих старых знакомых. Несколько раз он не ночевал дома. После одной ночи, проведенной неизвестно где, он вернулся домой рано утром в сильно возбужденном состоянии, красный и непричесанный. Он долго ходил из угла в угол, что-то бормоча про себя, потом остановился и сказал:

– Честь прежде всего!

Походив еще немного, он схватил себя за голову и произнес трагическим голосом:

– Да, честь прежде всего! Будь проклята минута, когда мне впервые пришло в голову ехать в этот Вавилон! Дорогой мой, – обратился он к доктору, – презирайте меня: я проигрался! Дайте мне пятьсот рублей!

Андрей Ефимыч отсчитал пятьсот рублей и молча отдал их своему другу. Тот, все еще багровый от стыда и гнева, бессвязно произнес какую-то ненужную клятву, надел фуражку и вышел. Вернувшись часа через два, он повалился в кресло, громко вздохнул и сказал:

– Честь спасена! Едемте, мой друг! Ни одной минуты я не желаю остаться в этом проклятом городе. Мошенники! Австрийские шпионы!

Когда приятели вернулись в свой город, был уже ноябрь и на улицах лежал глубокий снег. Место Андрея Ефимыча занимал доктор Хоботов; он жил еще на старой квартире в ожидании, когда Андрей Ефимыч приедет и очистит больничную квартиру. Некрасивая женщина, которую он называл своей кухаркой, уже жила в одном из флигелей.

По городу ходили новые больничные сплетни. Говорили, что некрасивая женщина поссорилась со смотрителем и этот будто бы ползал перед нею на коленях, прося прощения.

Андрею Ефимычу в первый же день по приезде пришлось отыскивать себе квартиру.

– Друг мой, – сказал ему робко почтмейстер, – извините за нескромный вопрос: какими средствами вы располагаете?

Андрей Ефимыч молча сосчитал свои деньги и сказал:

– Восемьдесят шесть рублей.

– Я не о том спрашиваю, – проговорил в смущении Михаил Аверьяныч, не поняв доктора. – Я спрашиваю, какие у вас средства вообще?

– Я же и говорю вам: восемьдесят шесть рублей... Больше у меня ничего нет.

Михаил Аверьяныч считал доктора честным и благородным человеком, но все-таки подозревал, что у него есть капитал, по крайней мере, тысяч в двадцать. Теперь же, узнав, что Андрей Ефимыч нищий, что ему нечем жить, он почему-то вдруг заплакал и обнял своего друга.

XV

Андрей Ефимыч жил в трехоконном домике мещанки Беловой. В этом домике было только три комнаты, не считая кухни. Две из них, с окнами на улицу, занимал доктор, а в третьей и в кухне жили Дарьюшка и мещанка с тремя детьми. Иногда к хозяйке приходил ночевать любовник, пьяный мужик, бушевавший по ночам и наводивший на детей и на Дарьюшку ужас. Когда он приходил и, усевшись на кухне, начинал требовать водки, всем становилось очень тесно, и доктор из жалости брал к себе плачущих детей, укладывал их у себя на полу, и это доставляло ему большое удовольствие.

Вставал он по-прежнему в восемь часов и после чаю садился читать свои старые книги и журналы. На новые у него уже не было денег. Оттого ли, что книги были старые, или, быть может, от перемены обстановки чтение уже не захватывало его глубоко и утомляло. Чтобы не проводить времени в праздности, он составлял подробный каталог своим книгам и приклеивал к их корешкам билетики, и эта механическая, кропотливая работа казалась ему интереснее, чем чтение. Однообразная кропотливая работа каким-то непонятным образом убаюкивала его мысли, он ни о чем не думал, и время проходило быстро. Даже сидеть в кухне и чистить с Дарьюшкой картофель или выбирать сор из гречневой крупы ему казалось интересно. По субботам и воскресеньям он ходил в церковь. Стоя около стены и зажмурив глаза, он слушал пение и думал об отце, о матери, об университете, о религиях; ему было покойно, грустно, и потом, уходя из церкви, он жалел, что служба так скоро кончилась.

Он два раза ходил в больницу к Ивану Дмитричу, чтобы поговорить с ним. Но в оба раза Иван Дмитрич был необыкновенно возбужден и зол; он просил оставить его в покое, так как ему давно уже надоела пустая болтовня, и говорил, что у проклятых подлых людей он за все страдания просит только одной награды – одиночного заключения. Неужели даже в этом ему отказывают? Когда Андрей Ефимыч прощался с ним в оба раза и желал покойной ночи, то он огрызался и говорил:

– К черту!

И Андрей Ефимыч не знал теперь, пойти ему в третий раз или нет. А пойти хотелось.

Прежде в послеобеденное время Андрей Ефимыч ходил по комнатам и думал, теперь же он от обеда до вечернего чая лежал на диване лицом к спинке и предавался мелочным мыслям, которых никак не мог побороть. Ему было обидно, что за его больше чем двадцатилетнюю службу ему не дали ни пенсии, ни единовременного пособия. Правда, он служил не честно, но ведь пенсию получают все служащие без различия, честны они или нет. Современная справедливость и заключается именно в том, что чинами, орденами и пенсиями награждаются не нравственные качества и способности, а вообще служба, какая бы она ни была. Почему же он один должен составлять исключение? Денег у него совсем не было. Ему было стыдно проходить мимо лавочки и глядеть на хозяйку. За пиво должны уже тридцать два рубля. Мещанке Беловой тоже должны. Дарьюшка потихоньку продает старые платья и книги и лжет хозяйке, что скоро доктор получит очень много денег.

Он сердился на себя за то, что истратил на путешествие тысячу рублей, которая у него была скоплена. Как бы теперь пригодилась эта тысяча! Ему было досадно, что его не оставляют в покое люди. Хоботов считал своим долгом изредка навещать больного коллегу. Все было в нем противно Андрею Ефимычу: и сытое лицо, и дурной, снисходительный тон, и слово «коллега», и высокие сапоги; самое же противное было то, что он считал своею обязанностью лечить Андрея Ефимыча и думал, что в самом деле лечит. В каждое свое посещение он приносил склянку с бромистым калием и пилюли из ревеня.

И Михаил Аверьяныч тоже считал своим долгом навещать друга и развлекать его. Всякий раз он входил к Андрею Ефимычу с напускною развязностью, принужденно хохотал и начинал уверять его, что он сегодня прекрасно выглядит и что дела, слава богу, идут на поправку, и из этого можно было заключить, что положение своего друга он считал безнадежным. Он не выплатил еще своего варшавского долга и был удручен тяжелым стыдом, был напряжен и потому старался хохотать громче и рассказывать смешнее. Его анекдоты и рассказы казались теперь бесконечными и были мучительны и для Андрея Ефимыча, и для него самого.

В его присутствии Андрей Ефимыч ложился обыкновенно на диван лицом к стене и слушал, стиснув зубы; на душу его пластами ложилась накипь, и после каждого посещения друга он чувствовал, что накипь эта становится все выше и словно подходит к горлу.

Чтобы заглушить мелочные чувства, он спешил думать о том, что и он сам, и Хоботов, и Михаил Аверьяныч должны рано или поздно погибнуть, не оставив в природе даже отпечатка. Если вообразить, что через миллион лет мимо земного шара пролетит в пространстве какой-нибудь дух, то он увидит только глину и голые утесы. Все – и культура, и нравственный закон – пропадет и даже лопухом не порастет. Что же значат стыд перед лавочником, ничтожный Хоботов, тяжелая дружба Михаила Аверьяныча? Все это вздор и пустяки.

Но такие рассуждения уже не помогали. Едва он воображал земной шар через миллион лет, как из-за голого утеса показывался Хоботов в высоких сапогах или напряженно хохочущий Михаил Аверьяныч и даже слышался стыдливый шепот: «А варшавский долг, голубчик, возвращу на этих днях… Непременно».

XVI

Однажды Михаил Аверьяныч пришел после обеда, когда Андрей Ефимыч лежал на диване. Случилось так, что в это же время явился и Хоботов с бромистым калием. Андрей Ефимыч тяжело поднялся, сел и уперся обеими руками о диван.

– А сегодня, дорогой мой, – начал Михаил Аверьяныч, – у вас цвет лица гораздо лучше, чем вчера. Да вы молодцом! Ей-богу, молодцом!

– Пора, пора поправляться, коллега, – сказал Хоботов, зевая. – Небось вам самим надоела эта канитель.

– И поправимся! – весело сказал Михаил Аверьяныч. – Еще лет сто жить будем! Так-тось!

– Сто не сто, а двадцать еще хватит, – утешал Хоботов. – Ничего, ничего, коллега, не унывайте… Будет вам тень наводить.

– Мы еще покажем себя! – захохотал Михаил Аверьяныч и похлопал друга по колену. – Мы еще покажем! Будущим летом, бог даст, махнем на Кавказ и весь его верхом объедем – гоп! гоп! гоп! А с Кавказа вернемся, гляди, чего доброго, на свадьбе гулять будем. – Михаил Аверьяныч лукаво подмигнул глазом. – Женим вас, дружка милого… женим…

Андрей Ефимыч вдруг почувствовал, что накипь подходит к горлу; у него страшно забилось сердце.

– Это пошло! – сказал он, быстро вставая и отходя к окну. – Неужели вы не понимаете, что говорите пошлости?

Он хотел продолжать мягко и вежливо, но против воли вдруг сжал кулаки и поднял их выше головы.

– Оставьте меня! – крикнул он не своим голосом, багровея и дрожа всем телом. – Вон! Оба вон, оба!

Михаил Аверьяныч и Хоботов встали и уставились на него сначала с недоумением, потом со страхом.

– Оба вон! – продолжал кричать Андрей Ефимыч. – Тупые люди! Глупые люди! Не нужно мне ни дружбы, ни твоих лекарств, тупой человек! Пошлость! Гадость!

Хоботов и Михаил Аверьяныч, растерянно переглядываясь, попятились к двери и вышли в сени. Андрей Ефимыч схватил склянку с бромистым калием и швырнул им вслед: склянка со звоном разбилась о порог.

– Убирайтесь к черту! – крикнул он плачущим голосом, выбегая в сени. – К черту!

По уходе гостей Андрей Ефимыч, дрожа как в лихорадке, лег на диван и долго еще повторял:

– Тупые люди! Глупые люди!

Когда он успокоился, то прежде всего ему пришло на мысль, что бедному Михаилу Аверьянычу теперь, должно быть, страшно стыдно и тяжело на душе и что все это ужасно. Никогда раньше не случалось ничего подобного. Где же ум и такт? Где уразумение вещей и философское равнодушие?

Доктор всю ночь не мог уснуть от стыда и досады на себя, а утром, часов в десять, отправился в почтовую контору и извинился перед почтмейстером.

— Не будем вспоминать о том, что произошло, — сказал со вздохом растроганный Михаил Аверьяныч, крепко пожимая ему руку. — Кто старое помянет, тому глаз вон. Любавкин! — вдруг крикнул он так громко, что все почтальоны и посетители вздрогнули. — Подай стул. А ты подожди! — крикнул он бабе, которая сквозь решетку протягивала к нему заказное письмо. — Разве не видишь, что я занят? Не будем вспоминать старое, — продолжал он нежно, обращаясь к Андрею Ефимычу. — Садитесь, покорнейше прошу, мой дорогой.

Он минуту молча поглаживал себе колени и потом сказал:

— У меня и в мыслях не было обижаться на вас. Болезнь не свой брат, я понимаю. Ваш припадок испугал нас вчера с доктором, и мы долго потом говорили о вас. Дорогой мой, отчего вы не хотите серьезно заняться вашей болезнью? Разве можно так? Извините за дружескую откровенность, — зашептал Михаил Аверьяныч, — вы живете в самой неблагоприятной обстановке: теснота, нечистота, ухода за вами нет, лечиться не на что... Дорогой мой друг, умоляем вас вместе с доктором всем сердцем, послушайтесь нашего совета: ложитесь в больницу! Там и пища здоровая, и уход, и лечение. Евгений Федорыч хотя и моветон, между нами говоря, но сведущий, на него вполне можно положиться. Он дал мне слово, что займется вами.

Андрей Ефимыч был тронут искренним участием и слезами, которые вдруг заблестели на щеках у почтмейстера.

— Уважаемый, не верьте! — зашептал он, прикладывая руку к сердцу. — Не верьте им! Это обман! Болезнь моя только в том, что за двадцать лет я нашел во всем городе одного только умного человека, да и тот сумасшедший. Болезни нет никакой, а просто я попал в заколдованный круг, из которого нет выхода. Мне все равно, я на все готов.

— Ложитесь в больницу, дорогой мой.

— Мне все равно, хоть в яму.

— Дайте, голубчик, слово, что вы будете слушаться во всем Евгения Федорыча.

— Извольте, даю слово. Но, повторяю, уважаемый, я попал в заколдованный круг. Теперь все, даже искреннее участие моих друзей, клонится к одному — к моей погибели. Я погибаю и имею мужество сознавать это.

— Голубчик, вы выздоровеете.

— К чему это говорить? — сказал Андрей Ефимыч с раздражением. — Редкий человек под конец жизни не испытывает того же, что я теперь. Когда вам скажут, что у вас что-нибудь вроде плохих почек и увеличенного сердца и вы станете лечиться, или скажут, что вы сумасшедший или преступник, то есть, одним словом, когда люди вдруг обратят на вас внимание, то знайте, что вы попали в заколдованный круг, из которого уже не выйдете. Будете стараться выйти и еще больше заблудитесь. Сдавайтесь, потому что никакие человеческие усилия уже не спасут вас. Так мне кажется.

Между тем у решетки толпилась публика. Андрей Ефимыч, чтобы не мешать, встал и начал прощаться. Михаил Аверьяныч еще раз взял с него честное слово и проводил его до наружной двери.

В тот же день, перед вечером, к Андрею Ефимычу неожиданно явился Хоботов в полушубке и в высоких сапогах и сказал таким тоном, как будто вчера ничего не случилось:

— А я к вам по делу, коллега. Пришел приглашать вас: не хотите ли со мной на консилиум, а?

Думая, что Хоботов хочет развлечь его прогулкой или в самом деле дать ему заработать, Андрей Ефимыч оделся и вышел с ним на улицу. Он рад был случаю загладить вчерашнюю вину и помириться и в душе благодарил Хоботова, который даже не заикнулся о вчерашнем и, по-видимому, щадил его. От этого некультурного человека трудно было ожидать такой деликатности.

— А где ваш больной? — спросил Андрей Ефимыч.

— У меня в больнице. Мне уж давно хотелось показать вам… Интереснейший случай.

Вошли в больничный двор и, обойдя главный корпус, направились к флигелю, где помещались умалишенные. И все это почему-то молча. Когда вошли во флигель, Никита, по обыкновению, вскочил и вытянулся.

— Тут у одного произошло осложнение со стороны легких, —

сказал вполголоса Хоботов, входя с Андреем Ефимычем в палату. — Вы погодите здесь, а я сейчас. Схожу только за стетоскопом.

И вышел.

XVII

Уже смеркалось. Иван Дмитрич лежал на своей постели, уткнувшись лицом в подушку; паралитик сидел неподвижно, тихо плакал и шевелил губами. Толстый мужик и бывший сортировщик спали. Было тихо.

Андрей Ефимыч сидел на кровати Ивана Дмитрича и ждал. Но прошло с полчаса, и вместо Хоботова вошел в палату Никита, держа в охапке халат, чье-то белье и туфли.

— Пожалуйте одеваться, ваше высокоблагородие, — сказал он тихо. — Вот ваша постелька, пожалуйте сюда, — добавил он, указывая на пустую, очевидно, недавно принесенную кровать. — Ничего, бог даст, выздоровеете.

Андрей Ефимыч все понял. Он, ни слова не говоря, перешел к кровати, на которую указал Никита, и сел; видя, что Никита стоит и ждет, он разделся догола, и ему стало стыдно. Потом он надел больничное платье; кальсоны были очень коротки, рубаха длинна, а от халата пахло копченою рыбой.

— Выздоровеете, бог даст, — повторил Никита.

Он забрал в охапку платье Андрея Ефимыча, вышел и затворил за собой дверь.

«Все равно... — думал Андрей Ефимыч, стыдливо запахиваясь в халат и чувствуя, что в своем новом костюме он похож на арестанта. — Все равно... Все равно, что фрак, что мундир, что этот халат...»

Но как же часы? А записная книжка, что в боковом кармане? А папиросы? Куда Никита унес платье? Теперь, пожалуй, до самой смерти уже не придется надевать брюк, жилета и сапогов. Все это как-то странно и даже непонятно в первое время. Андрей Ефимыч и теперь был убежден, что между домом мещанки Беловой и палатой № 6 нет никакой разницы, что все на этом свете вздор и суета сует, а между тем у него дрожали руки, ноги холодели и было жутко от мысли, что скоро Иван Дмитрич встанет и увидит, что он в халате. Он встал, прошелся и опять сел.

Вот он просидел уже полчаса, час, и ему надоело до тоски; неужели здесь можно прожить день, неделю и даже годы, как эти люди? Ну вот он сидел, прошелся и опять сел; можно пойти и посмотреть в окно и опять пройтись из угла в угол. А потом что? Так и сидеть все время, как истукан, и думать? Нет, это едва ли возможно.

Андрей Ефимыч лег, но тотчас же встал, вытер рукавом со лба холодный пот и почувствовал, что все лицо его запахло копченою рыбой. Он опять прошелся.

— Это какое-то недоразумение... — проговорил он, разводя руками в недоумении. — Надо объясниться, тут недоразумение...

В это время проснулся Иван Дмитрич. Он сел и подпер щеки кулаками. Сплюнул. Потом он лениво взглянул на доктора и, по-видимому, в первую минуту ничего не понял; но скоро сонное лицо его стало злым и насмешливым.

— Ага, и вас засадили сюда, голубчик! — проговорил он сиплым спросонок голосом, зажмурив один глаз. — Очень рад. То вы пили из людей кровь, а теперь из вас будут пить. Превосходно!

— Это какое-то недоразумение... — проговорил Андрей Ефимыч, пугаясь слов Ивана Дмитрича; он пожал плечами и повторил: — Недоразумение какое-то...

Иван Дмитрич опять сплюнул и лег.

— Проклятая жизнь! — проворчал он. — И что горько и обидно, ведь эта жизнь кончится не наградой за страдания, не апофеозом, как в опере, а смертью; придут мужики и потащат мертвого за руки и за ноги в подвал. Брр! Ну ничего... Зато на том свете будет наш праздник... Я с того света буду являться сюда тенью и пугать этих гадин. Я их поседеть заставлю.

Вернулся Мойсейка и, увидев доктора, протянул руку.

— Дай копеечку! — сказал он.

XVIII

Андрей Ефимыч отошел к окну и посмотрел в поле. Уже становилось темно, и на горизонте с правой стороны восходила холодная, багровая луна. Недалеко от больничного забора, в ста саженях, не больше, стоял высокий белый дом, обнесенный каменною стеной. Это была тюрьма.

«Вот она действительность!» – подумал Андрей Ефимыч, и ему стало страшно.

Были страшны и луна, и тюрьма, и гвозди на заборе, и далекий пламень в костопальном заводе. Сзади послышался вздох. Андрей Ефимыч оглянулся и увидел человека с блестящими звездами и с орденами на груди, который улыбался и лукаво подмигивал глазом. И это показалось страшным.

Андрей Ефимыч уверял себя, что в луне и в тюрьме нет ничего особенного, что и психически здоровые люди носят ордена и что все со временем сгинет и обратится в глину, но отчаяние вдруг овладело им, он ухватился обеими руками за решетку и изо всей силы потряс ее. Крепкая решетка не поддалась.

Потом, чтобы не так было страшно, он пошел к постели Ивана Дмитрича и сел.

– Я пал духом, дорогой мой, – пробормотал он, дрожа и утирая холодный пот. – Пал духом.

– А вы пофилософствуйте, – сказал насмешливо Иван Дмитрич.

– Боже мой, боже мой... Да, да... Вы как-то изволили говорить, что в России нет философии, но философствуют все, даже мелюзга. Но ведь от философствования мелюзги никому нет вреда, – сказал Андрей Ефимыч таким тоном, как будто хотел заплакать и разжалобить. – Зачем же, дорогой мой, этот злорадный смех? И как не философствовать этой мелюзге, если она не удовлетворена? Умному, образованному, гордому, свободолюбивому человеку, подобию Божию, нет другого выхода, как идти лекарем в грязный, глупый городишко, и всю жизнь банки, пиявки, горчишники! Шарлатанство, узость, пошлость! О боже мой!

– Вы болтаете глупости. Если в лекаря противно, шли бы в министры.

– Никуда, никуда нельзя. Слабы мы, дорогой... Был я равнодушен, бодро и здраво рассуждал, а стоило только жизни грубо прикоснуться ко мне, как я пал духом... прострация... Слабы мы, дрянные мы... И вы тоже, дорогой мой. Вы умны, благородны, с молоком матери всосали благие порывы, но едва вступили в жизнь, как утомились и заболели... Слабы, слабы!

Что-то еще неотвязчивое, кроме страха и чувства обиды, томило Андрея Ефимыча все время с наступлением вечера. Наконец он сообразил, что это ему хочется пива и курить.

— Я выйду отсюда, дорогой мой, — сказал он. — Скажу, чтобы сюда огня дали… Не могу так… не в состоянии…

Андрей Ефимыч пошел к двери и отворил ее, но тотчас же Никита вскочил и загородил ему дорогу.

— Куда вы? Нельзя, нельзя! — сказал он. — Пора спать!

— Но я только на минуту, по двору пройтись! — оторопел Андрей Ефимыч.

— Нельзя, нельзя, не приказано. Сами знаете.

Никита захлопнул дверь и прислонился к ней спиной.

— Но если я выйду отсюда, что кому сделается от этого? — спросил Андрей Ефимыч, пожимая плечами. — Не понимаю! Никита, я должен выйти! — сказал он дрогнувшим голосом. — Мне нужно!

— Не заводите беспорядков, нехорошо! — сказал наставительно Никита.

— Это черт знает что такое! — вскрикнул вдруг Иван Дмитрич и вскочил. — Какое он имеет право не пускать? Как они смеют держать нас здесь? В законе, кажется, ясно сказано, что никто не может быть лишен свободы без суда! Это насилие! Произвол!

— Конечно, произвол! — сказал Андрей Ефимыч, подбодряемый криком Ивана Дмитрича. — Мне нужно, я должен выйти. Он не имеет права! Отпусти, тебе говорят!

— Слышишь, тупая скотина? — крикнул Иван Дмитрич и постучал кулаком в дверь. — Отвори, а то я дверь выломаю! Живодер!

— Отвори! — крикнул Андрей Ефимыч, дрожа всем телом. — Я требую!

— Поговори еще! — ответил за дверью Никита. — Поговори!

— По крайней мере, поди позови сюда Евгения Федорыча! Скажи, что я прошу его пожаловать… на минуту!

— Завтра они сами придут.

— Никогда нас не выпустят! — продолжал между тем Иван Дмитрич. — Сгноят нас здесь! О господи, неужели же в самом деле на том свете нет ада и эти негодяи будут прощены? Где же справедливость? Отвори, негодяй, я задыхаюсь! – крикнул он сиплым голосом и навалился на дверь. – Я размозжу себе голову! Убийцы!

Никита быстро отворил дверь, грубо, обеими руками и коленом отпихнул Андрея Ефимыча, потом размахнулся и ударил его кулаком по лицу. Андрею Ефимычу показалось, что громадная соленая волна накрыла его с головой и потащила к кровати; в самом деле, во рту было солоно: вероятно, из зубов пошла кровь. Он, точно желая выплыть, замахал руками и ухватился за чью-то кровать, и в это время почувствовал, что Никита два раза ударил его в спину.

Громко вскрикнул Иван Дмитрич. Должно быть, и его били.

Затем все стихло. Жидкий лунный свет шел сквозь решетки, и на полу лежала тень, похожая на сеть. Было страшно. Андрей Ефимыч лег и притаил дыхание; он с ужасом ждал, что его ударят еще раз. Точно кто взял серп, воткнул в него и несколько раз повернул в груди и в кишках. От боли он укусил подушку и стиснул зубы, и вдруг в голове его, среди хаоса, ясно мелькнула страшная, невыносимая мысль, что такую же точно боль должны были испытывать годами, изо дня в день эти люди, казавшиеся теперь при лунном свете черными тенями. Как могло случиться, что в продолжение больше чем двадцати лет он не знал и не хотел знать этого? Он не знал, не имел понятия о боли, значит, он не виноват, но совесть, такая же несговорчивая и грубая, как Никита, заставила его похолодеть от затылка до пят. Он вскочил, хотел крикнуть изо всех сил и бежать скорее, чтоб убить Никиту, потом Хоботова, смотрителя и фельдшера, потом себя, но из груди не вышло ни одного звука и ноги не повиновались; задыхаясь, он рванул на груди халат и рубаху, порвал и без чувств повалился на кровать.

XIX

Утром на другой день у него болела голова, гудело в ушах и во всем теле чувствовалось недомогание. Вспоминать о вчерашней своей слабости ему не было стыдно. Он был вчера малодушен, боялся даже луны, искренно высказывал чувства и мысли, каких раньше и не подозревал у себя. Например, мысли о неудовлетворенности философствующей мелюзги. Но теперь ему было все равно.

Он не ел, не пил, лежал неподвижно и молчал.

«Мне все равно, – думал он, когда ему задавали вопросы. – Отвечать не стану… Мне все равно».

После обеда пришел Михаил Аверьяныч и принес четвертку чаю и фунт мармеладу. Дарьюшка тоже приходила и целый час стояла около кровати с выражением тупой скорби на лице. Посетил его и доктор Хоботов. Он принес склянку с бромистым калием и приказал Никите покурить в палате чем-нибудь.

Под вечер Андрей Ефимыч умер от апоплексического удара. Сначала он почувствовал потрясающий озноб и тошноту; что-то отвратительное, как казалось, проникая во все тело, даже в пальцы, потянуло от желудка к голове и залило глаза и уши. Позеленело в глазах. Андрей Ефимыч понял, что ему пришел конец, и вспомнил, что Иван Дмитрич, Михаил Аверьяныч и миллионы людей верят в бессмертие. А вдруг оно есть? Но бессмертия ему не хотелось, и он думал о нем только одно мгновение. Стадо оленей, необыкновенно красивых и грациозных, о которых он читал вчера, пробежало мимо него; потом баба протянула к нему руку с заказным письмом… Сказал что-то Михаил Аверьяныч. Потом все исчезло, и Андрей Ефимыч забылся навеки.

Пришли мужики, взяли его за руки и за ноги и отнесли в часовню. Там он лежал на столе с открытыми глазами, и луна ночью освещала его. Утром пришел Сергей Сергеич, набожно помолился на распятие и закрыл своему бывшему начальнику глаза.

Через день Андрея Ефимыча хоронили. На похоронах были только Михаил Аверьяныч и Дарьюшка.

Степь

(История одной поездки)

I

Из N., уездного города Z-ой губернии, ранним июльским утром выехала и с громом покатила по почтовому тракту безрессорная, ошарпанная бричка, одна из тех допотопных бричек, на которых ездят теперь на Руси только купеческие приказчики, гуртовщики и небогатые священники. Она тарахтела и взвизгивала при малейшем движении; ей угрюмо вторило ведро, привязанное к ее задку, — и по одним этим звукам да по жалким кожаным тряпочкам, болтавшимся на ее облезлом теле, можно было судить о ее ветхости и готовности идти в слом.

В бричке сидело двое N-ских обывателей: N-ский купец Иван Иваныч Кузьмичов, бритый, в очках и в соломенной шляпе, больше похожий на чиновника, чем на купца, и другой — отец Христофор Сирийский, настоятель N-ской Николаевской церкви, маленький длинноволосый старичок в сером парусиновом кафтане, в широкополом цилиндре и в шитом, цветном поясе. Первый о чем-то сосредоточенно думал и встряхивал головою, чтобы прогнать дремоту; на лице его привычная деловая сухость боролась с благодушием человека, только что простившегося с родней и хорошо выпившего; второй же влажными глазками удивленно глядел на мир божий и улыбался так широко, что, казалось, улыбка захватывала даже поля цилиндра; лицо его было красно и имело озябший вид. Оба они, как Кузьмичов, так и о. Христофор, ехали теперь продавать шерсть. Прощаясь с домочадцами, они только что сытно закусили пышками со сметаной и, несмотря на раннее утро, выпили... Настроение духа у обоих было прекрасное.

Кроме только что описанных двух и кучера Дениски, неутомимо стегавшего по паре шустрых гнедых лошадок, в бричке находился еще один пассажир — мальчик лет девяти, с темным от загара и мокрым от слез лицом. Это был Егорушка, племянник Кузьмичова. С разрешения дяди и с благословения о. Христофора, он ехал куда-то поступать в гимназию. Его мамаша, Ольга Ивановна, вдова коллежского секретаря и родная сестра Кузьмичова, любившая образованных людей и благородное общество, умолила своего брата, ехавшего продавать шерсть, взять с собою Егорушку и отдать его в гимназию; и теперь мальчик, не понимая, куда и зачем он едет, сидел на облучке рядом с Дениской, держался за его локоть, чтоб не свалиться, и подпрыгивал, как чайник на конфорке. От быстрой езды его красная рубаха пузырем вздувалась на спине и новая ямщицкая шляпа с павлиньим пером то и дело сползала на затылок. Он чувствовал себя в высшей степени несчастным человеком и хотел плакать.

Когда бричка проезжала мимо острога, Егорушка взглянул на часовых, тихо ходивших около высокой белой стены, на маленькие решетчатые окна, на крест, блестевший на крыше, и вспомнил, как неделю тому назад, в день Казанской божией матери, он ходил с мамашей в острожную церковь на престольный праздник; а еще ранее, на Пасху, он приходил в острог с кухаркой Людмилой и с Дениской и приносил сюда куличи, яйца, пироги и жареную говядину; арестанты благодарили и крестились, а один из них подарил Егорушке оловянные запонки собственного изделия.

Мальчик всматривался в знакомые места, а ненавистная бричка бежала мимо и оставляла всё позади. За острогом промелькнули черные, закопченные кузницы, за ними уютное, зеленое кладбище, обнесенное оградой из булыжника; из-за ограды весело выглядывали белые кресты и памятники, которые прячутся в зелени вишневых деревьев и издали кажутся белыми пятнами. Егорушка вспомнил, что, когда цветет вишня, эти белые пятна мешаются с вишневыми цветами в белое море; а когда она спеет, белые памятники и кресты бывают усыпаны багряными, как кровь, точками. За оградой под вишнями день и ночь спали Егорушкин отец и бабушка Зинаида Даниловна. Когда бабушка умерла, ее положили в длинный, узкий гроб и прикрыли двумя пятаками ее глаза, которые не хотели закрываться. До своей смерти она была жива и носила с базара мягкие бублики, посыпанные маком, теперь же она спит, спит...

А за кладбищем дымились кирпичные заводы. Густой, черный дым большими клубами шел из-под длинных камышовых крыш, приплюснутых к земле, и лениво поднимался вверх. Небо над заводами и кладбищем было смугло, и большие тени от клубов дыма ползли по полю и через дорогу. В дыму около крыш двигались люди и лошади, покрытые красной пылью...

За заводами кончался город и начиналось поле. Егорушка в последний раз оглянулся на город, припал лицом к локтю Дениски и горько заплакал...

— Ну, не отревелся еще, рёва! — сказал Кузьмичов. — Опять, баловник, слюни распустил! Не хочешь ехать, так оставайся. Никто силой не тянет!

— Ничего, ничего, брат Егор, ничего... — забормотал скороговоркой о. Христофор. — Ничего, брат... Призывай бога... Не за худом едешь, а за добром. Ученье, как говорится, свет, а неученье — тьма... Истинно так.

— Хочешь вернуться? — спросил Кузьмичов.

— Хо... хочу... — ответил Егорушка, всхлипывая.

— И вернулся бы. Всё равно попусту едешь, за семь верст киселя хлебать.

— Ничего, ничего, брат... — продолжал о. Христофор. — Бога призывай... Ломоносов так же вот с рыбарями ехал, однако из него вышел человек на всю Европу. Умственность, воспринимаемая с верой, дает плоды, богу угодные. Как сказано в молитве? Создателю во славу, родителям же нашим на утешение, церкви и отечеству на пользу... Так-то.

— Польза разная бывает... — сказал Кузьмичов, закуривая дешевую сигару. — Иной двадцать лет обучается, а никакого толку.

— Это бывает.

— Кому наука в пользу, а у кого только ум путается. Сестра — женщина непонимающая, норовит всё по-благородному и хочет, чтоб из Егорки ученый вышел, а того не понимает, что я и при своих занятиях мог бы Егорку на век осчастливить. Я это к тому вам объясняю, что ежели все пойдут в ученые да в благородные, тогда некому будет торговать и хлеб сеять. Все с голоду поумирают.

— А ежели все будут торговать и хлеб сеять, тогда некому будет учения постигать.

И думая, что оба они сказали нечто убедительное и веское, Кузьмичов и о. Христофор сделали серьезные лица и одновременно кашлянули. Дениска, прислушивавшийся к их разговору и ничего не понявший, встряхнул головой и, приподнявшись, стегнул по обеим гнедым. Наступило молчание.

Между тем перед глазами ехавших расстилалась уже широкая, бесконечная равнина, перехваченная цепью холмов. Теснясь и выглядывая друг из-за друга, эти холмы сливаются в возвышенность, которая тянется вправо от дороги до самого горизонта и исчезает в лиловой дали; едешь-едешь и никак не разберешь, где она начинается и где кончается... Солнце уже выглянуло сзади из-за города и тихо, без хлопот принялось за свою работу. Сначала, далеко впереди, где небо сходится с землею, около курганчиков и ветряной мельницы, которая издали похожа на маленького человечка, размахивающего руками, поползла по земле широкая ярко-желтая полоса; через минуту такая же полоса засветилась несколько ближе, поползла вправо и охватила холмы; что-то теплое коснулось Егорушкиной спины, полоса света, подкравшись сзади, шмыгнула через бричку и лошадей, понеслась навстречу другим полосам, и вдруг вся широкая степь сбросила с себя утреннюю полутень, улыбнулась и засверкала росой.

Сжатая рожь, бурьян, молочай, дикая конопля — всё, побуревшее от зноя, рыжее и полумертвое, теперь омытое росою и обласканное солнцем, оживало, чтоб вновь зацвести. Над дорогой с веселым криком носились старички, в траве перекликались суслики, где-то далеко влево плакали чибисы. Стадо куропаток, испуганное бричкой, вспорхнуло и со своим мягким «тррр» полетело к холмам. Кузнечики, сверчки, скрипачи и медведки затянули в траве свою скрипучую, монотонную музыку.

Но прошло немного времени, роса испарилась, воздух застыл, и обманутая степь приняла свой унылый июльский вид. Трава поникла, жизнь замерла. Загорелые холмы, буро-зеленые, вдали лиловые, со своими покойными, как тень, тонами, равнина с туманной далью и опрокинутое над ними небо, которое в степи, где нет лесов и высоких гор, кажется страшно глубоким и прозрачным, представлялись теперь бесконечными, оцепеневшими от тоски...

Как душно и уныло! Бричка бежит, а Егорушка видит всё одно и то же — небо, равнину, холмы... Музыка в траве приутихла. Старички улетели, куропаток не видно. Над поблекшей травой, от нечего делать, носятся грачи; все они похожи друг на друга и делают степь еще более однообразной.

Летит коршун над самой землей, плавно взмахивая крыльями, и вдруг останавливается в воздухе, точно задумавшись о скуке жизни, потом встряхивает крыльями и стрелою несется над степью, и непонятно, зачем он летает и что ему нужно. А вдали машет крыльями мельница...

Для разнообразия мелькнет в бурьяне белый череп или булыжник; вырастет на мгновение серая каменная баба или высохшая ветла с синей ракшей на верхней ветке, перебежит дорогу суслик, и — опять бегут мимо глаз бурьян, холмы, грачи...

Но вот, слава богу, навстречу едет воз со снопами. На самом верху лежит девка. Сонная, изморенная зноем, поднимает она голову и глядит на встречных. Дениска зазевался на нее, гнедые протягивают морды к снопам, бричка, взвизгнув, целуется с возом, и колючие колосья, как веником, проезжают по цилиндру о. Христофора.

— На людей едешь, пухлая! — кричит Дениска. — Ишь, рожу-то раскорячило, словно шмель укусил!

Девка сонно улыбается и, пошевелив губами, опять ложится... А вот на холме показывается одинокий тополь; кто его посадил и зачем он здесь — бог его знает. От его стройной фигуры и зеленой одежды трудно оторвать глаза. Счастлив ли этот красавец? Летом зной, зимой стужа и метели, осенью страшные ночи, когда видишь только тьму и не слышишь ничего, кроме беспутного, сердито воющего ветра, а главное — всю жизнь один, один... За тополем ярко-желтым ковром, от верхушки холма до самой дороги, тянутся полосы пшеницы. На холме хлеб уже скошен и убран в копны, а внизу еще только косят... Шесть косарей стоят рядом и взмахивают косами, а косы весело сверкают и в такт, все вместе издают звук: «Вжи, вжи!» По движениям баб, вяжущих снопы, по лицам косарей, по блеску кос видно, что зной жжет и душит. Черная собака с высунутым языком бежит от косарей навстречу к бричке, вероятно с намерением залаять, но останавливается на полдороге и

62

равнодушно глядит на Дениску, грозящего ей кнутом: жарко лаять! Одна баба поднимается и, взявшись обеими руками за измученную спину, провожает глазами кумачовую рубаху Егорушки. Красный ли цвет ей понравился, или вспомнила она про своих детей, только долго стоит она неподвижно к смотрит вслед...

Но вот промелькнула и пшеница. Опять тянется выжженная равнина, загорелые холмы, знойное небо, опять носится над землею коршун. Вдали по-прежнему машет крыльями мельница и всё еще она похожа на маленького человечка, размахивающего руками. Надоело глядеть на нее и кажется, что до нее никогда не доедешь, что она бежит от брички.

О. Христофор и Кузьмичов молчали. Дениска стегал по гнедым и покрикивал, а Егорушка уже не плакал, а равнодушно глядел по сторонам. Зной и степная скука утомили его. Ему казалось, что он давно уже едет и подпрыгивает, что солнце давно уже печет ему в спину. Не проехали еще и десяти верст, а он уже думал: «Пора бы отдохнуть!» С лица дяди мало-помалу сошло благодушие и осталась одна только деловая сухость, а бритому, тощему лицу, в особенности когда оно в очках, когда нос и виски покрыты пылью, эта сухость придает неумолимое, инквизиторское выражение. Отец же Христофор не переставал удивленно глядеть на мир божий и улыбаться. Молча, он думал о чем-то хорошем и веселом, и добрая, благодушная улыбка застыла на его лице. Казалось, что и хорошая, веселая мысль застыла в его мозгу от жары...

— А что, Дениска, догоним нынче обозы? — спросил Кузьмичов.

Дениска поглядел на небо, приподнялся, стегнул по лошадям и потом уже ответил:

— К ночи, бог даст, догоним...

Послышался собачий лай. Штук шесть громадных степных овчарок вдруг, выскочив точно из засады, с свирепым воющим лаем бросились навстречу бричке. Все они, необыкновенно злые, с мохнатыми паучьими мордами и с красными от злобы глазами, окружили бричку и, ревниво толкая друг друга, подняли хриплый рев. Они ненавидели страстно и, кажется, готовы были изорвать в клочья и лошадей, и бричку, и людей... Дениска, любивший дразнить и стегать, обрадовался случаю и, придав своему лицу злорадное выражение, перегнулся и хлестнул кнутом по овчарке. Псы пуще захрипели, лошади понесли; и Егорушка, еле державшийся на передке, глядя на глаза и зубы собак, понимал, что, свались он, его моментально разнесут в клочья, но страха не чувствовал, а глядел так же злорадно, как Дениска, и жалел, что у него в руках нет кнута.

Бричка поравнялась с отарой овец.

— Стой! — закричал Кузьмичов. — Держи! Тпрр...

Дениска подался всем туловищем назад и осадил гнедых. Бричка остановилась.

— Поди сюда! — крикнул Кузьмичов чебану. — Уйми собак, будь они прокляты!

Старик-чебан, оборванный и босой, в теплой шапке, с грязным мешком у бедра и с крючком на длинной палке — совсем ветхозаветная фигура — унял собак и, снявши шапку, подошел к бричке. Точно такая же ветхозаветная фигура стояла, не шевелясь, на другом краю отары и равнодушно глядела на проезжих.

— Чья это отара? — спросил Кузьмичов.

— Варламовская! — громко ответил старик.

— Варламовская! — повторил чебан, стоявший на другом краю отары.

— Что, проезжал тут вчерась Варламов или нет?

— Никак нет... Приказчик ихний проезжали, это точно...

— Трогай!

Бричка покатила дальше, и чебаны со своими злыми собаками остались позади. Егорушка нехотя глядел вперед на лиловую даль, и ему уже начинало казаться, что мельница, машущая крыльями, приближается. Она становилась всё больше и больше, совсем выросла, и уж можно было отчетливо разглядеть ее два крыла. Одно крыло было старое, заплатанное, другое только недавно сделано из нового дерева и лоснилось на солнце.

Бричка ехала прямо, а мельница почему-то стала уходить влево. Ехали, ехали, а она всё уходила влево и не исчезала из глаз.

— Славный ветряк поставил сыну Болтва! — заметил Дениска.

— А что-то хутора его не видать.

— Он туда, за балочкой.

Скоро показался и хутор Болтвы, а ветряк всё еще не уходил назад, не отставал, глядел на Егорушку своим лоснящимся крылом и махал. Какой колдун!

II

Около полудня бричка свернула с дороги вправо, проехала немного шагом и остановилась. Егорушка услышал тихое, очень ласковое журчанье и почувствовал, что к его лицу прохладным бархатом прикоснулся какой-то другой воздух. Из холма, склеенного природой из громадных, уродливых камней, сквозь трубочку из болиголова, вставленную каким-то неведомым благодетелем, тонкой струйкой бежала вода. Она падала на землю и, прозрачная, веселая, сверкающая на солнце и тихо ворча, точно воображая себя сильным и бурным потоком, быстро бежала куда-то влево. Недалеко от холма маленькая речка расползалась в лужицу; горячие лучи и раскаленная почва, жадно выпивая ее, отнимали у нее силу; но немножко далее она, вероятно, сливалась с другой такою же речонкой, потому что шагах в ста от холма по ее течению зеленела густая, пышная осока, из которой, когда подъезжала бричка, с криком вылетело три бекаса.

Путники расположились у ручья отдыхать и кормить лошадей. Кузьмичов, о. Христофор и Егорушка сели в жидкой тени, бросаемой бричкою и распряженными лошадьми, на разостланном войлоке и стали закусывать. Хорошая, веселая мысль, застывшая от жары в мозгу о. Христофора, после того, как он напился воды и съел одно печеное яйцо, запросилась наружу. Он ласково взглянул на Егорушку, пожевал и начал:

— Я сам, брат, учился. С самого раннего возраста бог вложил в меня смысл и понятие, так что я не в пример прочим, будучи еще таким, как ты, утешал родителей и наставников своим разумением. Пятнадцати лет мне еще не было, а я уж говорил и стихи сочинял по-латынски всё равно как по-русски. Помню, был я жезлоносцем у преосвященного Христофора. Раз после обедни, как теперь помню, в день тезоименитства благочестивейшего государя Александра Павловича Благословенного, он разоблачался в алтаре, поглядел на меня ласково и спрашивает: «Puer bone, quam appellaris?» (Добрый мальчик, как тебя зовут? (лат.)). А я отвечаю: «Christophorus sum» (Христофор (лат.)). А он: «Ergo connominati sumus», то есть, мы, значит, тезки... Потом спрашивает по-латински: «Чей ты?» Я и отвечаю тоже по-латински, что я сын диакона Сирийского в селе Лебединском. Видя такую мою скороспешность и ясность ответов, преосвященный благословил меня и сказал: «Напиши отцу, что я его не оставлю, а тебя буду иметь в виду». Протоиереи и священники, которые в алтаре были, слушая латинский диспут, тоже немало удивлялись, и каждый в похвалу мне изъявил свое удовольствие. Еще у меня усов не было, а я уж, брат, читал и по-латински, и по-гречески, и по-французски, знал философию, математику, гражданскую историю и все науки. Память мне бог дал на удивление. Бывало, которое прочту раза два, наизусть помню. Наставники и благодетели мои удивлялись и так предполагали, что из меня выйдет ученейший муж, светильник церкви. Я и сам думал в Киев ехать, науки продолжать, да родители не благословили. «Ты, говорил отец, весь век учиться будешь, когда же мы тебя дождемся?» Слыша такие слова, я бросил науки и поступил на место. Оно, конечно, ученый из меня не вышел, да зато я родителей не ослушался, старость их успокоил, похоронил с честью. Послушание паче поста и молитвы!

— Должно быть, вы уж все науки забыли! — заметил Кузьмичов.

— Как не забыть? Слава богу, уж восьмой десяток пошел! Из философии и риторики кое-что еще помню, а языки и математику совсем забыл.

О. Христофор зажмурил глаза, подумал и сказал вполголоса:

— Что такое существо? Существо есть вещь самобытна, не требуя иного ко своему исполнению.

Он покрутил головой и засмеялся от умиления.

— Духовная пища! — сказал он. — Истинно, материя питает плоть, а духовная пища душу!

— Науки науками, — вздохнул Кузьмичов, — а вот как не догоним Варламова, так и будет нам наука.

— Человек — не иголка, найдем. Он теперь в этих местах кружится.

Над осокой пролетели знакомые три бекаса, и в их писке слышались тревога и досада, что их согнали с ручья. Лошади степенно жевали и пофыркивали; Дениска ходил около них и, стараясь показать, что он совершенно равнодушен к огурцам, пирогам и яйцам, которые ели хозяева, весь погрузился в избиение слепней и мух, облеплявших лошадиные животы и спины. Он аппетитно, издавая горлом какой-то особенный, ехидно-победный звук, хлопал по своим жертвам, а в случае неудачи досадливо крякал и провожал глазами всякого счастливца, избежавшего смерти.

— Дениска, где ты там! Поди ешь! — сказал Кузьмичов, глубоко вздыхая и тем давая знать, что он уже наелся.

Дениска несмело подошел к войлоку и выбрал себе пять крупных и желтых огурцов, так называемых «желтяков» (выбрать помельче и посвежее он посовестился), взял два печеных яйца, черных и с трещинами, потом нерешительно, точно боясь, чтобы его не ударили по протянутой руке, коснулся пальцем пирожка.

— Бери, бери! — поторопил его Кузьмичов.

Дениска решительно взял пирог и, отойдя далеко в сторону, сел на земле, спиной к бричке. Тотчас же послышалось такое громкое жеванье, что даже лошади обернулись и подозрительно поглядели на Дениску. Закусивши, Кузьмичов достал из брички мешок с чем-то и сказал Егорушке:

— Я буду спать, а ты поглядывай, чтобы у меня из-под головы этого мешка не вытащили.

О. Христофор снял рясу, пояс и кафтан, и Егорушка, взглянув на него, замер от удивления. Он никак не предполагал, что священники носят брюки, а на о. Христофоре были настоящие парусинковые брюки, засунутые в высокие сапоги, и кургузая пестрядинная курточка. Глядя на него, Егорушка нашел, что в этом неподобающем его сану костюме он, со своими длинными волосами и бородой, очень похож на Робинзона Крузе. Разоблачившись, о. Христофор и Кузьмичов легли в тень под бричкой, лицом друг к другу, и закрыли глаза. Дениска, кончив жевать, растянулся на припеке животом вверх и тоже закрыл глаза.

— Поглядывай, чтоб кто коней не увел! — сказал он Егорушке и тотчас же заснул.

Наступила тишина. Слышно было только, как фыркали и жевали лошади да похрапывали спящие; где-то не близко плакал один чибис и изредка раздавался писк трех бекасов, прилетавших поглядеть, не уехали ли непрошеные гости; мягко картавя, журчал ручеек, но все эти звуки не нарушали тишины, не будили застывшего воздуха, а, напротив, вгоняли природу в дремоту.

Егорушка, задыхаясь от зноя, который особенно чувствовался теперь после еды, побежал к осоке и отсюда оглядел местность. Увидел он то же самое, что видел и до полудня: равнину, холмы, небо, лиловую даль; только холмы стояли поближе, да не было мельницы, которая осталась далеко назади. Из-за скалистого холма, где тек ручей, возвышался другой, поглаже и пошире; на нем лепился небольшой поселок из пяти-шести дворов. Около изб не было видно ни людей, ни деревьев, ни теней, точно поселок задохнулся в горячем воздухе и высох. От нечего делать Егорушка поймал в траве скрипача, поднес его в кулаке к уху и долго слушал, как тот играл на своей скрипке. Когда надоела музыка, он погнался за толпой желтых бабочек, прилетавших к осоке на водопой, и сам не заметил, как очутился опять возле брички. Дядя и о. Христофор крепко спали; сон их должен был продолжаться часа два-три, пока не отдохнут лошади... Как же убить это длинное время и куда деваться от зноя! Задача мудреная... Машинально Егорушка подставил рот под струйку, бежавшую из трубочки; во рту его стало холодно и запахло болиголовом; пил он сначала с охотой, потом через силу и до тех пор, пока острый холод изо рта не побежал по всему телу и пока вода не полилась по сорочке. Затем он подошел к бричке и стал глядеть на спящих. Лицо дяди по-прежнему выражало деловую сухость. Фанатик своего дела, Кузьмичов всегда, даже во сне и за молитвой в церкви, когда пели «Иже херувимы», думал о своих делах, ни на минуту не мог забыть о них, и теперь, вероятно, ему снились тюки с шерстью, подводы, цены, Варламов... Отец же Христофор, человек мягкий, легкомысленный и смешливый, во всю свою жизнь не знал ни одного такого дела, которое, как удав, могло бы сковать его душу. Во всех многочисленных делах, за которые он брался на своем веку, его прельщало не столько само дело, сколько суета и общение с людьми, присущие всякому предприятию. Так, в настоящей поездке его интересовали не столько шерсть, Варламов и цены, сколько длинный путь, дорожные разговоры, спанье под бричкой, еда не вовремя... И теперь, судя по его лицу, ему снились, должно быть, преосвященный Христофор, латинский диспут, его попадья, пышки со сметаной и всё такое, что не могло сниться Кузьмичову.

В то время, как Егорушка смотрел на сонные лица, неожиданно послышалось тихое пение. Где-то не близко пела женщина, а где именно и в какой стороне, трудно было понять. Песня тихая, тягучая и заунывная, похожая на плач и едва уловимая слухом, слышалась то справа, то слева, то сверху, то из-под земли, точно над степью носился невидимый дух и пел. Егорушка оглядывался и не понимал, откуда эта странная песня; потом же, когда он прислушался, ему стало казаться, что это пела трава; в своей песне она, полумертвая, уже погибшая, без слов, но жалобно и искренно убеждала кого-то, что она ни в чем не виновата, что солнце выжгло ее понапрасну; она уверяла, что ей страстно хочется жить, что она еще молода и была бы красивой, если бы не зной и не засуха; вины не было, но она все-таки просила у кого-то прощения и клялась, что ей невыносимо больно, грустно и жалко себя...

Егорушка послушал немного и ему стало казаться, что от заунывной, тягучей песни воздух сделался душнее, жарче и неподвижнее... Чтобы заглушить песню, он, напевая и стараясь стучать ногами, побежал к осоке. Отсюда он поглядел во все стороны и нашел того, кто пел. Около крайней избы поселка стояла баба в короткой исподнице, длинноногая и голенастая, как цапля, и что-то просеивала; из-под ее решета вниз по бугру лениво шла белая пыль. Теперь было очевидно, что пела она. На сажень от нее неподвижно стоял маленький мальчик в одной сорочке и без шапки. Точно очарованный песнею, он не шевелился и глядел куда-то вниз, вероятно, на кумачовую рубаху Егорушки.

Песня стихла. Егорушка поплелся к бричке и опять, от нечего делать, занялся струйкой воды.

И опять послышалась тягучая песня. Пела всё та же голенастая баба за бугром в поселке. К Егорушке вдруг вернулась его скука. Он оставил трубочку и поднял глаза вверх. То, что увидел он, было так неожиданно, что он немножко испугался. Над его головой на одном из больших неуклюжих камней стоял маленький мальчик в одной рубахе, пухлый, с большим, оттопыренным животом и на тоненьких ножках, тот самый, который раньше стоял около бабы. С тупым удивлением и не без страха, точно видя перед собой выходцев с того света, он, не мигая и разинув рот, оглядывал кумачовую рубаху Егорушки и бричку. Красный цвет рубахи манил и ласкал его, а бричка и спавшие под ней люди возбуждали его любопытство; быть может, он и сам не заметил, как приятный красный цвет и любопытство притянули его из поселка вниз, и, вероятно, теперь удивлялся своей смелости. Егорушка долго оглядывал его, а он Егорушку. Оба молчали и чувствовали некоторую неловкость. После долгого молчания Егорушка спросил:

— Тебя как звать?

Щеки незнакомца еще больше распухли; он прижался спиной к камню, выпучил глаза, пошевелил губами и ответил сиплым басом:

— Тит.

Больше мальчики не сказали друг другу ни слова. Помолчав еще немного и не отрывая глаз от Егорушки, таинственный Тит задрал вверх одну ногу, нащупал пяткой точку опоры и взобрался на камень; отсюда он, пятясь назад и глядя в упор на Егорушку, точно боясь, чтобы тот не ударил его сзади, поднялся на следующий камень и так поднимался до тех пор, пока совсем не исчез за верхушкой бугра.

Проводив его глазами, Егорушка обнял колени руками и склонил голову... Горячие лучи жгли ему затылок, шею и спину. Заунывная песня то замирала, то опять проносилась в стоячем, душном воздухе, ручей монотонно журчал, лошади жевали, а время тянулось бесконечно, точно и оно застыло и остановилось. Казалось, что с утра прошло уже сто лет... Не хотел ли бог, чтобы Егорушка, бричка и лошади замерли в этом воздухе и, как холмы, окаменели бы и остались навеки на одном месте?

Егорушка поднял голову и посоловевшими глазами поглядел вперед себя; лиловая даль, бывшая до сих пор неподвижною, закачалась и вместе с небом понеслась куда-то еще дальше... Она потянула за собою бурую траву, осоку, и Егорушка понесся с необычайною быстротою за убегавшею далью. Какая-то сила бесшумно влекла его куда-то, а за ним вдогонку неслись зной и томительная песня. Егорушка склонил голову и закрыл глаза...

Первый проснулся Дениска. Его что-то укусило, потому что он вскочил, быстро почесал плечо и проговорил:

— Анафема идолова, нет на тебя погибели!

Затем он подошел к ручью, напился и долго умывался. Его фырканье и плеск воды вывели Егорушку из забытья. Мальчик поглядел на его мокрое лицо, покрытое каплями и крупными веснушками, которые делали лицо похожим на мрамор, и спросил:

— Скоро поедем?

Дениска поглядел, как высоко стоит солнце, и ответил:

— Должно, скоро.

Он вытерся подолом рубахи и, сделав очень серьезное лицо, запрыгал на одной ноге.

— А ну-ка, кто скорей доскачет до осоки! — сказал он.

Егорушка был изнеможен зноем и полусном, но все-таки поскакал за ним. Дениске было уже около 20-ти лет, служил он в кучерах и собирался жениться, но не перестал еще быть маленьким. Он очень любил пускать змеи, гонять голубей, играть в бабки, бегать вдогонки и всегда вмешивался в детские игры и ссоры. Нужно было только хозяевам уйти или уснуть, чтобы он занялся чем-нибудь вроде прыганья на одной ножке или подбрасыванья камешков. Всякому взрослому, при виде того искреннего увлечения, с каким он резвился в обществе малолетков, трудно было удержаться, чтобы не проговорить: «Этакая дубина!» Дети же во вторжении большого кучера в их область не видели ничего странного: пусть играет, лишь бы не дрался! Точно так маленькие собаки не видят ничего странного, когда в их компанию затесывается какой-нибудь большой, искренний пес и начинает играть с ними.

Дениска перегнал Егорушку и, по-видимому, остался этим очень доволен. Он подмигнул глазом и, чтобы показать, что он может проскакать на одной ножке какое угодно пространство, предложил Егорушке, не хочет ли тот проскакать с ним по дороге и оттуда, не отдыхая, назад к бричке? Егорушка отклонил это предложение, потому что очень запыхался и ослабел.

Вдруг Дениска сделал очень серьезное лицо, какого он не

делал, даже когда Кузьмичов распекал его или замахивался на него палкой; прислушиваясь, он тихо опустился на одно колено, и на лице его показалось выражение строгости и страха, какое бывает у людей, слышащих ересь. Он нацелился на одну точку глазами, медленно поднял вверх кисть руки, сложенную лодочкой, и вдруг упал животом на землю и хлопнул лодочкой по траве.

— Есть! — прохрипел он торжествующе и, вставши, поднес к глазам Егорушки большого кузнечика.

Думая, что это приятно кузнечику, Егорушка и Дениска погладили его пальцами по широкой зеленой спине и потрогали его усики. Потом Дениска поймал жирную муху, насосавшуюся крови, и предложил ее кузнечику. Тот очень равнодушно, точно давно уже был знаком с Дениской, задвигал своими большими, похожими на забрало челюстями и отъел мухе живот. Его выпустили, он сверкнул розовой подкладкой своих крыльев и, опустившись в траву, тотчас же затрещал свою песню. Выпустили и муху; она расправила крылья и без живота полетела к лошадям.

Из-под брички послышался глубокий вздох. Это проснулся Кузьмичов. Он быстро поднял голову, беспокойно поглядел вдаль, и по этому взгляду, безучастно скользнувшему мимо Егорушки и Дениски, видно было, что, проснувшись, он думал о шерсти и Варламове. Отец Христофор, вставайте, пора! — заговорил он встревоженно. — Будет спать, и так уж дело проспали! Дениска, запрягай!

О. Христофор проснулся с такою же улыбкою, с какою уснул. Лицо его от сна помялось, поморщилось и, казалось, стало вдвое меньше. Умывшись и одевшись, он не спеша вытащил из кармана маленький засаленный псалтирь и, став лицом к востоку, начал шёпотом читать и креститься.

— Отец Христофор! — сказал укоризненно Кузьмичов. — Пора ехать, уж лошади готовы, а вы ей-богу...

— Сейчас, сейчас... — забормотал о. Христофор. — Кафизмы почитать надо... Не читал еще нынче.

— Можно и после с кафизмами.

— Иван Иваныч, на каждый день у меня положение... Нельзя.

— Бог не взыскал бы.

Целую четверть часа о. Христофор стоял неподвижно лицом к

востоку и шевелил губами, а Кузьмичов почти с ненавистью глядел на него и нетерпеливо пожимал плечами. Особенно его сердило, когда о. Христофор после каждой «славы» втягивал в себя воздух, быстро крестился и намеренно громко, чтоб другие крестились, говорил трижды:

— Аллилуя, аллилуя, аллилуя, слава тебе, боже!

Наконец он улыбнулся, поглядел вверх на небо и, кладя псалтирь в карман, сказал:

— Fini! (Кончил! (лат.)).

Через минуту бричка тронулась в путь. Точно она ехала назад, а не дальше, путники видели то же самое, что и до полудня. Холмы всё еще тонули в лиловой дали, и не было видно их конца; мелькал бурьян, булыжник, проносились сжатые полосы, и всё те же грачи да коршун, солидно взмахивающий крыльями, летали над степью. Воздух всё больше застывал от зноя и тишины, покорная природа цепенела в молчании... Ни ветра, ни бодрого, свежего звука, ни облачка.

Но вот, наконец, когда солнце стало спускаться к западу, степь, холмы и воздух не выдержали гнета и, истощивши терпение, измучившись, попытались сбросить с себя иго. Из-за холмов неожиданно показалось пепельно-седое кудрявое облако. Оно переглянулось со степью — я, мол, готово — и нахмурилось. Вдруг в стоячем воздухе что-то порвалось, сильно рванул ветер и с шумом, со свистом закружился по степи. Тотчас же трава и прошлогодний бурьян подняли ропот, на дороге спирально закружилась пыль, побежала по степи и, увлекая за собой солому, стрекоз и перья, черным вертящимся столбом поднялась к небу и затуманила солнце. По степи, вдоль и поперек, спотыкаясь и прыгая, побежали перекати-поле, а одно из них попало в вихрь, завертелось, как птица, полетело к небу и, обратившись там в черную точку, исчезло из виду. За ним понеслось другое, потом третье, и Егорушка видел, как два перекати-поле столкнулись в голубой вышине и вцепились друг в друга, как на поединке.

У самой дороги вспорхнул стрепет. Мелькая крыльями и хвостом, он, залитый солнцем, походил на рыболовную блесну или на прудового мотылька, у которого, когда он мелькает над водой, крылья сливаются с усиками и кажется, что усики растут у него и

73

спереди, и сзади, и с боков... Дрожа в воздухе, как насекомое, играя своей пестротой, стрепет поднялся высоко вверх по прямой линии, потом, вероятно испуганный облаком пыли, понесся в сторону и долго еще было видно его мелькание...

А вот, встревоженный вихрем и не понимая, в чем дело, из травы вылетел коростель. Он летел за ветром, а не против, как все птицы; от этого его перья взъерошились, весь он раздулся до величины курицы и имел очень сердитый, внушительный вид. Одни только грачи, состарившиеся в степи и привыкшие к степным переполохам, покойно носились над травой или же равнодушно, ни на что не обращая внимания, долбили своими толстыми клювами черствую землю.

За холмами глухо прогремел гром; подуло свежестью. Дениска весело свистнул и стегнул по лошадям. О. Христофор и Кузьмичов, придерживая свои шляпы, устремили глаза на холмы... Хорошо, если бы брызнул дождь!

Еще бы, кажется, небольшое усилие, одна потуга, и степь взяла бы верх. Но невидимая гнетущая сила мало-помалу сковала ветер и воздух, уложила пыль, и опять, как будто ничего не было, наступила тишина. Облако спряталось, загорелые холмы нахмурились, воздух покорно застыл и одни только встревоженные чибисы где-то плакали и жаловались на судьбу...

Затем скоро наступил вечер.

III

В вечерних сумерках показался большой одноэтажный дом с ржавой железной крышей и с темными окнами. Этот дом назывался постоялым двором, хотя возле него никакого двора не было и стоял он посреди степи, ничем не огороженный. Несколько в стороне от него темнел жалкий вишневый садик с плетнем, да под окнами, склонив свои тяжелые головы, стояли спавшие подсолнечники. В садике трещала маленькая мельничка, поставленная для того, чтобы пугать стуком зайцев. Больше же около дома не было видно и слышно ничего, кроме степи.

Едва бричка остановилась около крылечка с навесом, как в

доме послышались радостные голоса — один мужской, другой женский, — завизжала дверь на блоке, и около брички в одно мгновение выросла высокая тощая фигура, размахивавшая руками и фалдами. Это был хозяин постоялого двора Мойсей Мойсеич, немолодой человек с очень бледным лицом и с черной, как тушь, красивой бородой. Одет он был в поношенный черный сюртук, который болтался на его узких плечах, как на вешалке, и взмахивал фалдами, точно крыльями, всякий раз, как Мойсей Мойсеич от радости или в ужасе всплескивал руками. Кроме сюртука, на хозяине были еще широкие белые панталоны навыпуск и бархатная жилетка с рыжими цветами, похожими на гигантских клопов.

Мойсей Мойсеич, узнав приехавших, сначала замер от наплыва чувств, потом всплеснул руками и простонал. Сюртук его взмахнул фалдами, спина согнулась в дугу, и бледное лицо покривилось такой улыбкой, как будто видеть бричку для него было не только приятно, но и мучительно сладко.

— Ах, боже мой, боже мой! — заговорил он тонким певучим голосом, задыхаясь, суетясь и своими телодвижениями мешая пассажирам вылезти из брички. — И такой сегодня для меня счастливый день! Ах, да что я таперичка должен делать! Иван Иваныч! Отец Христофор! Какой же хорошенький паничок сидит на козлах, накажи меня бог! Ах, боже ж мой, да что же я стою на одном месте и не зову гостей в горницу? Пожалуйте, покорнейше прошу... милости просим! Давайте мне все ваши вещи... Ах, боже мой!

Мойсей Мойсеич, шаря в бричке и помогая приезжим вылезать, вдруг обернулся назад и закричал таким диким, придушенным голосом, как будто тонул и звал на помощь:

— Соломон! Соломон!

— Соломон! Соломон! — повторил в доме женский голос.

Дверь на блоке завизжала, и на пороге показался невысокий молодой еврей, рыжий, с большим птичьим носом и с плешью среди жестких кудрявых волос; одет он был в короткий, очень поношенный пиджак, с закругленными фалдами и с короткими рукавами, и в короткие триковые брючки, отчего сам казался коротким и кургузым, как ощипанная птица. Это был Соломон, брат Мойсея Мойсеича. Он молча, не здороваясь, а только как-то странно улыбаясь, подошел к бричке.

75

— Иван Иваныч и отец Христофор приехали! — сказал ему Мойсей Мойсеич таким тоном, как будто боялся, что тот ему не поверит. — Ай, вай, удивительное дело, такие хорошие люди взяли да приехали! Ну, бери, Соломон, вещи! Пожалуйте, дорогие гости!

Немного погодя Кузьмичов, о. Христофор и Егорушка сидели уже в большой, мрачной и пустой комнате за старым дубовым столом. Этот стол был почти одинок, так как в большой комнате, кроме него, широкого дивана с дырявой клеенкой да трех стульев, не было никакой другой мебели. Да и стулья не всякий решился бы назвать стульями. Это было какое-то жалкое подобие мебели с отжившей свой век клеенкой и с неестественно сильно загнутыми назад спинками, придававшими стульям большое сходство с детскими санями. Трудно было понять, какое удобство имел в виду неведомый столяр, загибая так немилосердно спинки, и хотелось думать, что тут виноват не столяр, а какой-нибудь проезжий силач, который, желая похвастать своей силой, согнул стульям спины, потом взялся поправлять и еще больше согнул. Комната казалась мрачной. Стены были серы, потолок и карнизы закопчены, на полу тянулись щели и зияли дыры непонятного происхождения (думалось, что их пробил каблуком всё тот же силач), и казалось, если бы в комнате повесили десяток ламп, то она не перестала бы быть темной. Ни на стенах, ни на окнах не было ничего похожего на украшения. Впрочем, на одной стене в серой деревянной раме висели какие-то правила с двуглавым орлом, а на другой, в такой же раме, какая-то гравюра с надписью: «Равнодушие человеков». К чему человеки были равнодушны — понять было невозможно, так как гравюра сильно потускнела от времени и была щедро засижена мухами. Пахло в комнате чем-то затхлым и кислым.

Введя гостей в комнату, Мойсей Мойсеич продолжал изгибаться, всплескивать руками, пожиматься и радостно восклицать — всё это считал он нужным проделывать для того, чтобы казаться необыкновенно вежливым и любезным.

— Когда проехали тут наши подводы? — спросил его Кузьмичов.

— Одна партия проехала нынче утречком, а другая, Иван Иваныч, отдыхала тут в обед и перед вечером уехала.

— А... Проезжал тут Варламов или нет?

— Нет, Иван Иваныч. Вчера утречком проезжал его приказчик

Григорий Егорыч и говорил, что он, надо быть, таперичка на хуторе у молокана.

— Отлично. Значит, мы сейчас догоним обозы, а потом и к молокану.

— Да бог с вами, Иван Иваныч! — ужаснулся Мойсей Мойсеич, всплескивая руками. — Куда вы на ночь поедете? Вы поужинайте на здоровьечко и переночуйте, а завтра, бог даст, утречком посдете и догоните кого надо!

— Некогда, некогда... Извините, Мойсей Мойсеич, в другой раз как-нибудь, а теперь не время. Посидим четверть часика и поедем, а переночевать и у молокана можно.

— Четверть часика! — взвизгнул Мойсей Мойсеич. — Да побойтесь вы бога, Иван Иваныч! Вы меня заставите, чтоб я ваши шапке спрятал и запер на замок дверь! Вы хоть закусите и чаю покушайте!

— Некогда нам с чаями да с сахара́ми, — сказал Кузьмичов.

Мойсей Мойсеич склонил голову набок, согнул колени и выставил вперед ладони, точно обороняясь от ударов, и с мучительно-сладкой улыбкой стал умолять:

— Иван Иваныч! Отец Христофор! Будьте же такие добрые, покушайте у меня чайку! Неужели я уж такой нехороший человек, что у меня нельзя даже чай пить? Иван Иваныч!

— Что ж, чайку можно попить, — сочувственно вздохнул отец Христофор. — Это не задержит.

— Ну, ладно! — согласился Кузьмичов.

Мойсей Мойсеич встрепенулся, радостно ахнул и, пожимаясь так, как будто он только что выскочил из холодной воды в тепло, побежал к двери и закричал диким придушенным голосом, каким раньше звал Соломона:

— Роза! Роза! Давай самовар!

Через минуту отворилась дверь и в комнату с большим подносом в руках вошел Соломон. Ставя на стол поднос, он насмешливо глядел куда-то в сторону и по-прежнему странно улыбался. Теперь при свете лампочки можно было разглядеть его улыбку; она была очень сложной и выражала много чувств, но преобладающим в ней было одно — явное презрение. Он как будто думал о чем-то смешном и глупом, кого-то терпеть не мог и презирал, чему-то радовался и ждал подходящей минуты, чтобы уязвить насмешкой и покатиться со смеху. Его длинный нос, жирные губы и хитрые выпученные глаза, казалось, были напряжены от желания расхохотаться. Взглянув на его лицо, Кузьмичов насмешливо улыбнулся и спросил:

— Соломон, отчего же ты этим летом не приезжал к нам в N. на ярмарку жидов представлять?

Года два назад, что отлично помнил и Егорушка, Соломон в N. на ярмарке, в одном из балаганов, рассказывал сцены из еврейского быта и пользовался большим успехом. Напоминание об этом не произвело на Соломона никакого впечатления. Ничего не ответив, он вышел и немного погодя вернулся с самоваром.

Сделав около стола свое дело, он пошел в сторону и, скрестив на груди руки, выставив вперед одну ногу, уставился своими насмешливыми глазами на о. Христофора. В его позе было что-то вызывающее, надменное и презрительное и в то же время и высшей степени жалкое и комическое, потому что чем внушительнее становилась его поза, тем ярче выступали на первый план его короткие брючки, куцый пиджак, карикатурный нос и вся его птичья, ощипанная фигурка.

Мойсей Мойсеич принес из другой комнаты табурет и сел на некотором расстоянии от стола.

— Приятного аппетиту! Чай да сахар! — начал он занимать гостей. — Кушайте на здоровьечко. Такие редкие гости, такие редкие, а отца Христофора я уж пять годов не видал. И никто не хочет мне сказать, чей это такой паничок хороший? — спросил он, нежно поглядывая на Егорушку.

— Это сынок сестры Ольги Ивановны, — ответил Кузьмичов.

— А куда же он едет?

— Учиться. В гимназию его везем.

Мойсей Мойсеич из вежливости изобразил на лице своем удивление и значительно покрутил головой.

— О, это хорошо! — сказал он, грозя самовару пальцем. — Это хорошо! Из гимназии выйдешь такой господин, что все мы будем шапке снимать. Ты будешь умный, богатый, с амбицией, а маменька будет радоваться. О, это хорошо!

Он помолчал немного, погладил себе колени и заговорил в почтительно-шутливом тоне:

— Уж вы меня извините, отец Христофор, а я собираюсь написать бумагу архиерею, что вы у купцов хлеб отбиваете. Возьму гербовую бумагу и напишу, что у отца Христофора, значит, своих грошей мало, что он занялся коммерцией и стал шерсть продавать.

— Да, вздумал вот на старости лет... — сказал о. Христофор и засмеялся. — Записался, брат, из попов в купцы. Теперь бы дома сидеть да богу молиться, а я скачу, аки фараон на колеснице... Суета!

— Зато грошей будет много!

— Ну да! Дулю мне под нос, а не гроши. Товар-то ведь не мой, а зятя Михайлы!

— Отчего же он сам не поехал?

— А оттого... Матернее молоко на губах еще не обсохло. Купить-то купил шерсть, а чтоб продать — ума нет, молод еще. Все деньги свои потратил, хотел нажиться и пыль пустить, а сунулся туда-сюда, ему и своей цены никто не дает. Этак помыкался парень с год, потом приходит ко мне и — «Папаша, продайте шерсть, сделайте милость! Ничего я в этих делах не понимаю!» То-то вот и есть. Как что, так сейчас и папаша, а прежде и без папаши можно было. Когда покупал, не спрашивался, а теперь, как приспичило, так и папаша. А что папаша? Коли б не Иван Иваныч, так и папаша ничего б не сделал. Хлопоты с ними!

— Да, хлопотно с детьми, я вам скажу! — вздохнул Мойсей Мойсеич. — У меня у самого шесть человек. Одного учи, другого лечи, третьего на руках носи, а когда вырастут, так еще больше хлопот. Не только таперичка, даже в священном писании так было. Когда у Иакова были маленькие дети, он плакал, а когда они выросли, еще хуже стал плакать!

— М-да... — согласился о. Христофор, задумчиво глядя на стакан. — Мне-то, собственно, нечего бога гневить, я достиг предела своей жизни, как дай бог всякому... Дочек за хороших людей определил, сынов в люди вывел и теперь свободен, свое дело сделал, хоть на все четыре стороны иди. Живу со своей попадьей потихоньку, кушаю, пью да сплю, на внучат радуюсь да богу молюсь, а больше мне ничего и не надо. Как сыр в масле катаюсь и знать никого не хочу. Отродясь у меня никакого горя не было и теперь ежели б, скажем, царь спросил: «Что тебе надобно?

Чего хочешь?» Да ничего мне не надобно! Всё у меня есть и всё слава богу. Счастливей меня во всем городе человека нет. Только вот грехов много, да ведь и то сказать, один бог без греха. Ведь верно?

— Стало быть, верно.

— Ну, конечно, зубов нет, спину от старости ломит, то да се... одышка и всякое там... Болею, плоть немощна, ну да ведь, сам посуди, пожил! Восьмой десяток! Не век же вековать, надо и честь знать.

О. Христофор вдруг что-то вспомнил, прыснул в стакан и закашлялся от смеха. Мойсей Мойсеич из приличия тоже засмеялся и закашлялся.

— Потеха! — сказал о. Христофор и махнул рукой. — Приезжает ко мне в гости старший сын мой Гаврила. Он по медицинской части и служит в Черниговской губернии в земских докторах... Хорошо-с... Я ему и говорю: «Вот, говорю, одышка, то да се... Ты доктор, лечи отца!» Он сейчас меня раздел, постукал, послушал, разные там штуки... живот помял, потом и говорит: «Вам, папаша, надо, говорит, лечиться сжатым воздухом».

О. Христофор захохотал судорожно, до слез и поднялся.

— А я ему и говорю: «Бог с ним, с этим сжатым воздухом!» — выговорил он сквозь смех и махнул обеими руками. — Бог с ним, с этим сжатым воздухом!

Мойсей Мойсеич тоже поднялся и, взявшись за живот, залился тонким смехом, похожим на лай болонки.

— Бог с ним, с этим сжатым воздухом! — повторил о. Христофор, хохоча.

Мойсей Мойсеич взял двумя нотами выше и закатился таким судорожным смехом, что едва устоял на ногах.

— О, боже мой... — стонал он среди смеха. — Дайте вздохнуть... Так насмешили, что... ох!.. — смерть моя.

Он смеялся и говорил, а сам между тем пугливо и подозрительно посматривал на Соломона. Тот стоял в прежней позе и улыбался. Судя по его глазам и улыбке, он презирал и ненавидел серьезно, но это так не шло к его ощипанной фигурке, что, казалось Егорушке, вызывающую позу и едкое, презрительное выражение придал он себе нарочно, чтобы разыграть шута и насмешить дорогих гостей.

Выпив молча стаканов шесть, Кузьмичов расчистил перед собой на столе место, взял мешок, тот самый, который, когда он спал под бричкой, лежал у него под головой, развязал на нем веревочку и потряс им. Из мешка посыпались на стол пачки кредитных бумажек.

— Пока время есть, давайте, отец Христофор, посчитаем, — сказал Кузьмичов.

Увидев деньги, Мойсей Мойсеич сконфузился, встал и, как деликатный человек, не желающий знать чужих секретов, на цыпочках и балансируя руками, вышел из комнаты. Соломон остался на своем месте.

— В рублевых пачках по скольку? — начал о. Христофор.

— По пятьдесят... В трехрублевых по девяносто... Четвертные и сторублевые по тысячам сложены. Вы отсчитайте семь тысяч восемьсот для Варламова, а я буду считать для Гусевича. Да глядите, не просчитайте...

Егорушка отродясь не видал такой кучи денег, какая лежала теперь на столе. Денег, вероятно, было очень много, так как пачка в семь тысяч восемьсот, которую о. Христофор отложил для Варламова, в сравнении со всей кучей казалась очень маленькой. В другое время такая масса денег, быть может, поразила бы Егорушку и вызвала его на размышления о том, сколько на эту кучу можно купить бубликов, бабок, маковников; теперь же он глядел на нее безучастно и чувствовал только противный запах гнилых яблок и керосина, шедший от кучи. Он был измучен тряской ездой на бричке, утомился и хотел спать. Его голову тянуло вниз, глаза слипались и мысли путались, как нитки. Если б можно было, он с наслаждением склонил бы голову на стол, закрыл бы глаза, чтоб не видеть лампы и пальцев, двигавшихся над кучей, и позволил бы своим вялым, сонным мыслям еще больше запутаться. Когда он силился не дремать, ламповый огонь, чашки и пальцы двоились, самовар качался, а запах гнилых яблок казался еще острее и противнее.

— Ах, деньги, деньги! — вздыхал о. Христофор, улыбаясь. — Горе с вами! Теперь мой Михайло, небось, спит и видит, что я ему такую кучу привезу.

— Ваш Михайло Тимофеич человек непонимающий, —

говорил вполголоса Кузьмичов, — не за свое дело берется, а вы понимаете и можете рассудить. Отдали бы вы мне, как я говорил, вашу шерсть и ехали бы себе назад, а я б вам, так и быть уж, дал бы по полтиннику поверх своей цены, да и то только из уважения...

— Нет, Иван Иванович, — вздыхал о. Христофор. — Благодарим вас за внимание... Конечно, ежели б моя воля, я б и разговаривать не стал, а то ведь, сами знаете, товар не мой...

Вошел на цыпочках Мойсей Мойсеич. Стараясь из деликатности не глядеть на кучу денег, он подкрался к Егорушке и дернул его сзади за рубаху.

— А пойдем-ка, паничок, — сказал он вполголоса, — какого я тебе медведика покажу! Такой страшный, сердитый! У-у!

Сонный Егорушка встал и лениво поплелся за Мойсеем Мойсеичем смотреть медведя. Он вошел в небольшую комнатку, где, прежде чем он увидел что-нибудь, у него захватило дыхание от запаха чего-то кислого и затхлого, который здесь был гораздо гуще, чем в большой комнате, и, вероятно, отсюда распространялся по всему дому. Одна половина комнатки была занята большою постелью, покрытой сальным стеганым одеялом, а другая комодом и горами всевозможного тряпья, начиная с жестко накрахмаленных юбок и кончая детскими штанишками и помочами. На комоде горела сальная свечка.

Вместо обещанного медведя Егорушка увидел большую, очень толстую еврейку с распущенными волосами и в красном фланелевом платье с черными крапинками; она тяжело поворачивалась в узком проходе между постелью и комодом и издавала протяжные, стонущие вздохи, точно у нее болели зубы. Увидев Егорушку, она сделала плачущее лицо, протяжно вздохнула и, прежде чем он успел оглядеться, поднесла к его рту ломоть хлеба, вымазанный медом.

— Кушай, детка, кушай! — сказала она. — Ты здесь без маменьке, и тебя некому покормить. Кушай.

Егорушка стал есть, хотя после леденцов и маковников, которые он каждый день ел у себя дома, не находил ничего хорошего в меду, наполовину смешанном с воском и с пчелиными крыльями. Он ел, а Мойсей Мойсеич и еврейка глядели и вздыхали.

— Ты куда едешь, детка? — спросила еврейка.

— Учиться, — ответил Егорушка.

— А сколько вас у маменьке?

— Я один. Больше нету никого.

— А-ох! — вздохнула еврейка и подняла вверх глаза. — Бедная маменьке, бедная маменьке! Как же она будет скучать и плакать! Через год мы тоже повезем в ученье своего Наума! Ох!

— Ах, Наум, Наум! — вздохнул Мойсей Мойсеич, и на его бледном лице нервно задрожала кожа. — А он такой больной.

Сальное одеяло зашевелилось, и из-под него показалась кудрявая детская голова на очень тонкой шее; два черных глаза блеснули и с любопытством уставились на Егорушку. Мойсей Мойсеич и еврейка, не переставая вздыхать, подошли к комоду и стали говорить о чем-то по-еврейски. Мойсей Мойсеич говорил вполголоса, низким баском, и в общем его еврейская речь походила на непрерывное «гал-гал-гал-гал...», а жена отвечала ему тонким индюшечьим голоском, и у нее выходило что-то вроде «ту-ту-ту-ту...». Пока они совещались, из-под сального одеяла выглянула другая кудрявая головка на тонкой шее, за ней третья, потом четвертая... Если бы Егорушка обладал богатой фантазией, то мог бы подумать, что под одеялом лежала стоглавая гидра.

— Гал-гал-гал-гал... — говорил Мойсей Мойсеич.

— Ту-ту-ту-ту... — отвечала ему еврейка.

Совещание кончилось тем, что еврейка с глубоким вздохом полезла в комод, развернула там какую-то зеленую тряпку и достала большой ржаной пряник, в виде сердца.

— Возьми, детка, — сказала она, подавая Егорушке пряник. — У тебя теперь нету маменьке, некому тебе гостинца дать.

Егорушка сунул в карман пряник и попятился к двери, так как был уже не в силах дышать затхлым и кислым воздухом, в котором жили хозяева. Вернувшись в большую комнату, он поудобней примостился на диване и уж не мешал себе думать.

Кузьмичов только что кончил считать деньги и клал их обратно в мешок. Обращался он с ними не особенно почтительно и валил их в грязный мешок без всякой церемонии с таким равнодушием, как будто это были не деньги, а бумажный хлам.

О. Христофор беседовал с Соломоном.

— Ну, что, Соломон премудрый? — спрашивал он, зевая и крестя рот. — Как дела?

— Это вы про какие дела говорите? — спросил Соломон и поглядел так ехидно, как будто ему намекали на какое-нибудь преступление.

— Вообще... Что поделываешь?

— Что я поделываю? — переспросил Соломон и пожал плечами. — То же, что и все... Вы видите: я лакей. Я лакей у брата, брат лакей у проезжающих, проезжающие лакеи у Варламова, а если бы я имел десять миллионов, то Варламов был бы у меня лакеем.

— То есть почему же это он был бы у тебя лакеем?

— Почему? А потому, что нет такого барина или миллионера, который из-за лишней копейки не стал бы лизать рук у жида пархатого. Я теперь жид пархатый и нищий, все на меня смотрят, как на собаке, а если б у меня были деньги, то Варламов передо мной ломал бы такого дурака, как Мойсей перед вами.

О. Христофор и Кузьмичов переглянулись. Ни тот, ни другой не поняли Соломона. Кузьмичов строго и сухо поглядел на него и спросил:

— Как же ты, дурак этакой, равняешь себя с Варламовым?

— Я еще не настолько дурак, чтобы равнять себя с Варламовым, — ответил Соломон, насмешливо оглядывая своих собеседников. — Варламов хоть и русский, но в душе он жид пархатый; вся жизнь у него в деньгах и в наживе, а я свои деньги спалил в печке. Мне не нужны ни деньги, ни земля, ни овцы, и не нужно, чтоб меня боялись и снимали шапки, когда я еду. Значит, я умней вашего Варламова и больше похож на человека!

Немного погодя Егорушка сквозь полусон слышал, как Соломон голосом глухим и сиплым от душившей его ненависти, картавя и спеша, заговорил об евреях; сначала говорил он правильно, по-русски, потом же впал в тон рассказчиков из еврейского быта и стал говорить, как когда-то в балагане, с утрированным еврейским акцентом.

— Постой... — перебил его о. Христофор. — Если тебе твоя вера не нравится, так ты ее перемени, а смеяться грех; тот последний человек, кто над своей верой глумится.

— Вы ничего не понимаете! — грубо оборвал его Соломон. — Я вам говорю одно, а вы другое...

— Вот и видно сейчас, что ты глупый человек, — вздохнул о. Христофор. — Я тебя наставляю, как умею, а ты сердишься. Я тебе по-стариковски, потихоньку, а ты, как индюк: бла-бла-бла! Чудак, право...

Вошел Мойсей Мойсеич. Он встревоженно поглядел на Соломона и на своих гостей, и опять на его лице нервно задрожала кожа. Егорушка встряхнул головой и поглядел вокруг себя; мельком он увидел лицо Соломона и как раз в тот момент, когда оно было обращено к нему в три четверти и когда тень от его длинного носа пересекала всю левую щеку; презрительная улыбка, смешанная с этою тенью, блестящие, насмешливые глаза, надменное выражение и вся его ощипанная фигурка, двоясь и мелькая в глазах Егорушки, делали его теперь похожим не на шута, а на что-то такое, что иногда снится, — вероятно, на нечистого духа.

— Какой-то он у вас бесноватый, Мойсей Мойсеич, бог с ним! — сказал с улыбкой о. Христофор. — Вы бы его пристроили куда-нибудь, или женили, что ли... На человека не похож...

Кузьмичов сердито нахмурился. Мойсей Мойсеич опять встревоженно и пытливо поглядел на брата и на гостей.

— Соломон, выйди отсюда! — строго сказал он. — Выйди!

И он прибавил еще что-то по-еврейски. Соломон отрывисто засмеялся и вышел.

— А что такое? — испуганно спросил Мойсей Мойсеич о. Христофора.

— Забывается, — ответил Кузьмичов. — Грубитель и много о себе понимает.

— Так и знал! — ужаснулся Мойсей Мойсеич, всплескивая руками. — Ах, боже мой! Боже мой! — забормотал он вполголоса. — Уж вы будьте добрые, извините и не серчайте. Это такой человек, такой человек! Ах, боже мой! Боже мой! Он мне родной брат, но кроме горя я от него ничего не видел. Ведь он, знаете...

Мойсей Мойсеич покрутил пальцем около лба и продолжал:

— Не в своем уме... пропащий человек. И что мне с ним делать, не знаю! Никого он не любит, никого не почитает, никого не боится... Знаете, над всеми смеется, говорит глупости, всякому в глаза тычет. Вы не можете поверить, раз приехал сюда Варламов, а Соломон такое ему сказал, что тот ударил кнутом и его и мене... А мене за что? Разве я виноват? Бог отнял у него ум, значит, это божья воля, а я разве виноват?

Прошло минут десять, а Мойсей Мойсеич всё еще бормотал вполголоса и вздыхал:

— Ночью он не спит и всё думает, думает, думает, а о чем он думает, бог его знает. Подойдешь к нему ночью, а он сердится и смеется. Он и меня не любит... И ничего он не хочет! Папаша, когда помирал, оставил ему и мне по шести тысяч рублей. Я купил себе постоялый двор, женился и таперичка деточек имею, а он спалил свои деньги в печке. Так жалко, так жалко! Зачем палить? Тебе не надо, так отдай мне, а зачем же палить?

Вдруг завизжала дверь на блоке и задрожал пол от чьих-то шагов. На Егорушку пахнуло легким ветерком, и показалось ему, что какая-то большая черная птица пронеслась мимо и у самого лица его взмахнула крыльями. Он открыл глаза... Дядя с мешком в руках, готовый в путь, стоял возле дивана. О. Христофор, держа широкополый цилиндр, кому-то кланялся и улыбался не мягко и не умиленно, как всегда, а почтительно и натянуто, что очень не шло к его лицу. А Мойсей Мойсеич, точно его тело разломалось на три части, балансировал и всячески старался не рассыпаться. Один только Соломон, как ни в чем не бывало, стоял в углу, скрестив руки, и по-прежнему презрительно улыбался.

— Ваше сиятельство, извините, у нас не чисто! — стонал Мойсей Мойсеич с мучительно-сладкой улыбкой, уже не замечая ни Кузьмичова, ни о. Христофора, а только балансируя всем телом, чтобы не рассыпаться. — Мы люди простые, ваше сиятельство!

Егорушка протер глаза. Посреди комнаты стояло, действительно, сиятельство в образе молодой, очень красивой и полной женщины в черном платье и в соломенной шляпе. Прежде чем Егорушка успел разглядеть ее черты, ему почему-то пришел на память тот одинокий, стройный тополь, который он видел днем на холме.

— Проезжал здесь сегодня Варламов? — спросил женский голос.

— Нет, ваше сиятельство! — ответил Мойсей Мойсеич.

— Если завтра увидите его, то попросите, чтобы он ко мне заехал на минутку.

Вдруг, совсем неожиданно, на полвершка от своих глаз, Егорушка увидел черные, бархатные брови, большие карие глаза и выхоленные женские щеки с ямочками, от которых, как лучи от солнца, по всему лицу разливалась улыбка. Чем-то великолепно запахло.

— Какой хорошенький мальчик! — сказала дама. — Чей это? Казимир Михайлович, посмотрите, какая прелесть! Боже мой, он спит! Бутуз ты мой милый...

И дама крепко поцеловала Егорушку в обе щеки, и он улыбнулся и, думая, что спит, закрыл глаза. Дверной блок завизжал, и послышались торопливые шаги: кто-то входил и выходил.

— Егорушка! Егорушка! — раздался густой шёпот двух голосов. — Вставай, ехать!

Кто-то, кажется Дениска, поставил Егорушку на ноги и повел его за руку; на пути он открыл наполовину глаза и еще раз увидел красивую женщину в черном платье, которая целовала его. Она стояла посреди комнаты и, глядя, как он уходил, улыбалась и дружелюбно кивала ему головой. Подходя к двери, он увидел какого-то красивого и плотного брюнета в шляпе котелком и в крагах. Должно быть, это был провожатый дамы.

— Тпрр! — донеслось со двора.

У порога дома Егорушка увидел новую, роскошную коляску и пару черных лошадей. На козлах сидел лакей в ливрее и с длинным хлыстом в руках. Провожать уезжающих вышел один только Соломон. Лицо его было напряжено от желания расхохотаться; он глядел так, как будто с большим нетерпением ждал отъезда гостей, чтобы вволю посмеяться над ними.

— Графиня Драницкая, — прошептал о. Христофор, полезая в бричку.

— Да, графиня Драницкая, — повторил Кузьмичов тоже шёпотом.

Впечатление, произведенное приездом графини, было, вероятно, очень сильно, потому что даже Дениска говорил шёпотом и только тогда решился стегнуть по гнедым и крикнуть, когда бричка проехала с четверть версты и когда далеко назади вместо постоялого двора виден уж был один только тусклый огонек.

IV

Кто же, наконец, этот неуловимый, таинственный Варламов, о котором так много говорят, которого презирает Соломон и который нужен даже красивой графине? Севши на передок рядом с Дениской, полусонный Егорушка думал именно об этом человеке. Он никогда не видел его, но очень часто слышал о нем и нередко рисовал его в своем воображении. Ему известно было, что Варламов имеет несколько десятков тысяч десятин земли, около сотни тысяч овец и очень много денег; об его образе жизни и занятиях Егорушке было известно только то, что он всегда «кружился в этих местах» и что его всегда ищут.

Много слышал у себя дома Егорушка и о графине Драницкой. Она тоже имела несколько десятков тысяч десятин, много овец, конский завод и много денег, но не «кружилась», а жила у себя в богатой усадьбе, про которую знакомые и Иван Иваныч, не раз бывавший у графини по делам, рассказывали много чудесного; так, говорили, что в графининой гостиной, где висят портреты всех польских королей, находились большие столовые часы, имевшие форму утеса, на утесе стоял дыбом золотой конь с бриллиантовыми глазами, а на коне сидел золотой всадник, который всякий раз, когда часы били, взмахивал шашкой направо и налево. Рассказывали также, что раза два в год графиня давала бал, на который приглашались дворяне и чиновники со всей губернии и приезжал даже Варламов; все гости пили чай из серебряных самоваров, ели всё необыкновенное (например, зимою, на Рождество, подавались малина и клубника) и плясали под музыку, которая играла день и ночь...

«А какая она красивая!» — думал Егорушка, вспоминая ее лицо и улыбку.

Кузьмичов, вероятно, тоже думал о графине, потому что, когда бричка проехала версты две, он сказал:

— Да и здорово же обирает ее этот Казимир Михайлыч! В

третьем годе, когда я у нее, помните, шерсть покупал, он на одной моей покупке тысячи три нажил.

— От ляха иного и ждать нельзя, — сказал о. Христофор.

— А ей и горюшка мало. Сказано, молодая да глупая. В голове ветер так и ходит!

Егорушке почему-то хотелось думать только о Варламове и графине, в особенности о последней. Его сонный мозг совсем отказался от обыкновенных мыслей, туманился и удерживал одни только сказочные, фантастические образы, которые имеют то удобство, что как-то сами собой, без всяких хлопот со стороны думающего, зарождаются в мозгу и сами — стоит только хорошенько встряхнуть головой — исчезают бесследно; да и всё, что было кругом, не располагало к обыкновенным мыслям. Направо темнели холмы, которые, казалось, заслоняли собой что-то неведомое и страшное, налево всё небо над горизонтом было залито багровым заревом, и трудно было понять, был ли то где-нибудь пожар или же собиралась восходить луна. Даль была видна, как и днем, но уж ее нежная лиловая окраска, затушеванная вечерней мглой, пропала, и вся степь пряталась во мгле, как дети Мойсея Мойсеича под одеялом.

В июльские вечера и ночи уже не кричат перепела и коростели, не поют в лесных балочках соловьи, не пахнет цветами, но степь всё еще прекрасна и полна жизни. Едва зайдет солнце и землю окутает мгла, как дневная тоска забыта, всё прощено, и степь легко вздыхает широкою грудью. Как будто от того, что траве не видно в потемках своей старости, в ней поднимается веселая, молодая трескотня, какой не бывает днем; треск, подсвистыванье, царапанье, степные басы, тенора и дисканты — всё мешается в непрерывный, монотонный гул, под который хорошо вспоминать и грустить. Однообразная трескотня убаюкивает, как колыбельная песня; едешь и чувствуешь, что засыпаешь, но вот откуда-то доносится отрывистый, тревожный крик неуснувшей птицы, или раздается неопределенный звук, похожий на чей-то голос, вроде удивленного «а-а!», и дремота опускает веки. А то, бывало, едешь мимо балочки, где есть кусты, и слышишь, как птица, которую степняки зовут сплюком, кому-то кричит: «Сплю! сплю! сплю!», а другая хохочет или заливается истерическим плачем — это сова.

Для кого они кричат и кто их слушает на этой равнине, бог их знает, но в крике их много грусти и жалобы... Пахнет сеном, высушенной травой и запоздалыми цветами, но запах густ, сладко-приторен и нежен.

Сквозь мглу видно всё, но трудно разобрать цвет и очертания предметов. Всё представляется не тем, что оно есть. Едешь и вдруг видишь, впереди у самой дороги стоит силуэт, похожий на монаха; он не шевелится, ждет и что-то держит в руках... Не разбойник ли это? Фигура приближается, растет, вот она поравнялась с бричкой, и вы видите, что это не человек, а одинокий куст или большой камень. Такие неподвижные, кого-то поджидающие фигуры стоят на холмах, прячутся за курганами, выглядывают из бурьяна, и все они походят на людей и внушают подозрение.

А когда восходит луна, ночь становится бледной и томной. Мглы как не бывало. Воздух прозрачен, свеж и тепел, всюду хорошо видно и даже можно различить у дороги отдельные стебли бурьяна. На далекое пространство видны черепа и камни. Подозрительные фигуры, похожие на монахов, на светлом фоне ночи кажутся чернее и смотрят угрюмее. Чаще и чаще среди монотонной трескотни, тревожа неподвижный воздух, раздается чье-то удивленное «а-а!» и слышится крик неуснувшей или бредящей птицы. Широкие тени ходят по равнине, как облака по небу, а в непонятной дали, если долго всматриваться в нее, высятся и громоздятся друг на друга туманные, причудливые образы... Немножко жутко. А взглянешь на бледно-зеленое, усыпанное звездами небо, на котором ни облачка, ни пятна, и поймешь, почему теплый воздух недвижим, почему природа настороже и боится шевельнуться: ей жутко и жаль утерять хоть одно мгновение жизни. О необъятной глубине и безграничности неба можно судить только на море да в степи ночью, когда светит луна. Оно страшно, красиво и ласково, глядит томно и манит к себе, а от ласки его кружится голова.

Едешь час-другой... Попадается на пути молчаливый старик-курган или каменная баба, поставленная бог ведает кем и когда, бесшумно пролетит над землею ночная птица, и мало-помалу на память приходят степные легенды, рассказы встречных, сказки няньки-степнячки и всё то, что сам сумел увидеть и постичь душою. И тогда в трескотне насекомых, в подозрительных фигурах и курганах, в глубоком небе, в лунном свете, в полете ночной птицы, во всем, что видишь и слышишь, начинают чудиться торжество красоты, молодость, расцвет сил и страстная жажда жизни; душа дает отклик прекрасной, суровой родине, и хочется лететь над степью вместе с ночной птицей. И в торжестве красоты, в излишке счастья чувствуешь напряжение и тоску, как будто степь сознает, что она одинока, что богатство ее и вдохновение гибнут даром для мира, никем не воспетые и никому не нужные, и сквозь радостный гул слышишь ее тоскливый, безнадежный призыв: певца! певца!

— Тпрр! Здорово, Пантелей! Всё благополучно?

— Слава богу, Иван Иваныч!

— Не видали, ребята, Варламова?

— Нет, не видали.

Егорушка проснулся и открыл глаза. Бричка стояла. Направо по дороге далеко вперед тянулся обоз, около которого сновали какие-то люди. Все возы, потому что на них лежали большие тюки с шерстью, казались очень высокими и пухлыми, а лошади — маленькими и коротконогими.

— Так мы, значит, теперь к молокану поедем! — громко говорил Кузьмичов. — Жид сказывал, что Варламов у молокана ночует. В таком случае прощайте, братцы! С богом!

— Прощайте, Иван Иваныч! — ответило несколько голосов.

— Вот что, ребята, — живо сказал Кузьмичов, — вы бы взяли с собой моего парнишку! Что ему с нами зря болтаться? Посади его, Пантелей, к себе на тюк и пусть себе едет помаленьку, а мы догоним. Ступай, Егор! Иди, ничего!..

Егорушка слез с передка. Несколько рук подхватило его, подняло высоко вверх, и он очутился на чем-то большом, мягком и слегка влажном от росы. Теперь ему казалось, что небо было близко к нему, а земля далеко.

— Эй, возьми свою пальтишку! — крикнул где-то далеко внизу Дениска.

Пальто и узелок, подброшенные снизу, упали возле Егорушки. Он быстро, не желая ни о чем думать, положил под голову узелок, укрылся пальто и, протягивая ноги во всю длину, пожимаясь от росы, засмеялся от удовольствия.

«Спать, спать, спать...» — думал он.

— Вы же, черти, его не забижайте! — послышался снизу голос Дениски.

— Прощайте, братцы! С богом! — крикнул Кузьмичов. — Я на вас надеюсь!

— Будьте покойны, Иван Иваныч!

Дениска ахнул на лошадей, бричка взвизгнула и покатила, но уж не по дороге, а куда-то в сторону. Минуты две было тихо, точно обоз уснул, и только слышалось, как вдали мало-помалу замирало лязганье ведра, привязанного к задку брички. Но вот впереди обоза кто-то крикнул:

— Кирюха, тро-о-гай!

Заскрипел самый передний воз, за ним другой, третий... Егорушка почувствовал, как воз, на котором он лежал, покачнулся и тоже заскрипел. Обоз тронулся. Егорушка покрепче взялся рукой за веревку, которою был перевязан тюк, еще засмеялся от удовольствия, поправил в кармане пряник и стал засыпать так, как он обыкновенно засыпал у себя дома в постели...

Когда он проснулся, уже восходило солнце; курган заслонял его собою, а оно, стараясь брызнуть светом на мир, напряженно пялило свои лучи во все стороны и заливало горизонт золотом. Егорушке показалось, что оно было не на своем месте, так как вчера оно восходило сзади за его спиной, а сегодня много левее... Да и вся местность не походила на вчерашнюю. Холмов уже не было, а всюду, куда ни взглянешь, тянулась без конца бурая, невеселая равнина; кое-где на ней высились небольшие курганы, и летали вчерашние грачи. Далеко впереди белели колокольни и избы какой-то деревни; по случаю воскресного дня хохлы сидели дома, пекли и варили — это видно было по дыму, который шел изо всех труб и сизой прозрачной пеленой висел над деревней. В промежутках между изб и за церковью синела река, а за нею туманилась даль. Но ничто не походило так мало на вчерашнее, как дорога. Что-то необыкновенно широкое, размашистое и богатырское тянулось по степи вместо дороги; то была серая полоса, хорошо выезженная и покрытая пылью, как все дороги, но шириною в несколько десятков сажен. Своим простором она возбудила в Егорушке недоумение и навела его на сказочные мысли. Кто по ней ездит? Кому нужен такой простор? Непонятно и странно. Можно, в самом деле, подумать, что на Руси еще не перевелись громадные, широко шагающие люди, вроде Ильи Муромца и Соловья Разбойника, и что еще не вымерли богатырские кони. Егорушка, взглянув на дорогу, вообразил штук шесть высоких, рядом скачущих колесниц, вроде тех, какие он видывал на рисунках в священной истории; заложены эти колесницы в шестерки диких, бешеных лошадей и своими высокими колесами поднимают до неба облака пыли, а лошадьми правят люди, какие могут сниться или вырастать в сказочных мыслях. И как бы эти фигуры были к лицу степи и дороге, если бы они существовали!

По правой стороне дороги на всем ее протяжении стояли телеграфные столбы с двумя проволоками. Становясь всё меньше и меньше, они около деревни исчезали за избами и зеленью, а потом опять показывались в лиловой дали в виде очень маленьких, тоненьких палочек, похожих на карандаши, воткнутые в землю. На проволоках сидели ястребы, кобчики и вороны и равнодушно глядели на двигавшийся обоз.

Егорушка лежал на самом заднем возу и мог поэтому видеть весь обоз. Всех подвод в обозе было около двадцати и на каждые три подводы приходилось по одному возчику. Около заднего воза, где был Егорушка, шел старик с седой бородой, такой же тощий и малорослый, как о. Христофор, но с лицом, бурым от загара, строгим и задумчивым. Очень может быть, что этот старик не был ни строг, ни задумчив, но его красные веки и длинный, острый нос придавали его лицу строгое, сухое выражение, какое бывает у людей, привыкших думать всегда о серьезном и в одиночку. Как и на о. Христофоре, на нем был широкополый цилиндр, но не барский, а войлочный и бурый, похожий скорее на усеченный конус, чем на цилиндр. Ноги его были босы. Вероятно, по привычке, приобретенной в холодные зимы, когда не раз, небось, приходилось ему мерзнуть около обоза, он на ходу похлопывал себя по бедрам и притопывал ногами. Заметив, что Егорушка проснулся, он поглядел на него и сказал, пожимаясь, как от мороза:

— А, проснулся, молодчик! Сынком Ивану Ивановичу-то доводишься?

— Нет, племянник...

— Ивану Иванычу-то? А я вот сапожки снял и босиком прыгаю. Ножки у меня больные, стуженые, а без сапогов оно выходит слободнее... Слободнее, молодчик... То есть без сапогов-то... Значит, племянник? А он хороший человек, ничего... Дай бог здоровья... Ничего... Я про Ивана Иваныча-то... К молокану поехал... О, господи, помилуй!

Старик и говорил так, как будто было очень холодно, с расстановками и не раскрывая как следует рта; и губные согласные выговаривал он плохо, заикаясь на них, точно у него замерзли губы. Обращаясь к Егорушке, он ни разу не улыбнулся и казался строгим.

Дальше через две подводы шел с кнутом в руке человек в длинном рыжем пальто, в картузе и сапогах с опустившимися голенищами. Этот был не стар, лет сорока. Когда он оглянулся, Егорушка увидел длинное красное лицо с жидкой козлиной бородкой и с губчатой шишкой под правым глазом. Кроме этой, очень некрасивой шишки, у него была еще одна особая примета, резко бросавшаяся в глаза: в левой руке держал он кнут, а правою помахивал таким образом, как будто дирижировал невидимым хором; изредка он брал кнут под мышку и тогда уж дирижировал обеими руками и что-то гудел себе под нос.

Следующий за ним подводчик представлял из себя длинную, прямолинейную фигуру с сильно покатыми плечами и с плоской, как доска, спиной. Он держался прямо, как будто маршировал или проглотил аршин, руки у него не болтались, а отвисали, как прямые палки, и шагал он как-то деревянно, на манер игрушечных солдатиков, почти не сгибая колен и стараясь сделать шаг возможно пошире; когда старик или обладатель губчатой шишки делали по два шага, он успевал делать только один и потому казалось, что он идет медленнее всех и отстает. Лицо у него было подвязано тряпкой и на голове торчало что-то вроде монашеской скуфейки; одет он был в короткую хохлацкую чумарку, всю усыпанную латками, и в синие шаровары навыпуск, а обут в лапти.

Тех, кто был дальше, Егорушка уже не разглядывал. Он лег животом вниз, расковырял в тюке дырочку и от нечего делать стал вить из шерсти ниточки. Старик, шагавший внизу, оказался не таким строгим и серьезным, как можно было судить по его лицу. Раз начавши разговор, он уж не прекращал его.

— Ты куда же едешь? — спросил он, притопывая ногами.

— Учиться, — ответил Егорушка.

— Учиться? Ага... Ну, помогай царица небесная. Так. Ум хорошо, а два лучше. Одному человеку бог один ум дает, а другому два ума, а иному и три... Иному три, это верно... Один ум, с каким мать родила, другой от учения, а третий от хорошей жизни. Так вот, братуша, хорошо, ежели у которого человека три ума. Тому не то что жить, и помирать легче. Помирать-то... А помрем все как есть.

Старик почесал себе лоб, взглянул красными глазами вверх на Егорушку и продолжал:

— Максим Николаич, барин из-под Славяносербска, в прошлом годе тоже повез своего парнишку в учение. Не знаю, как он там в рассуждении наук, а парнишка ничего, хороший... Дай бог здоровья, славные господа. Да, тоже вот повез в ученье... В Славяносербском нету такого заведения, чтоб, стало быть, до науки доводить. Нету... А город ничего, хороший... Школа обыкновенная, для простого звания есть, а чтоб насчет большого ученья, таких нету... Нету, это верно. Тебя как звать?

— Егорушка.

— Стало быть, Егорий... Святого великомученика Егория Победоносца числа двадцать третьего апреля. А мое святое имя Пантелей... Пантелей Захаров Холодов... Мы Холодовы будем... Сам я уроженный, может, слыхал, из Тима, Курской губернии. Браты мои в мещане отписались и в городе мастерством занимаются, а я мужик... Мужиком остался. Годов семь назад ездил я туда... домой то есть. И в деревне был, и в городе... В Тиме, говорю, был. Тогда, благодарить бога, все живы и здоровы были, а теперь не знаю... Может, кто и помер... А помирать уж время, потому все старые, есть которые постарше меня. Смерть ничего, оно хорошо, да только бы, конечно, без покаяния не помереть. Нет пуще лиха, как наглая смерть. Наглая-то смерть бесу радость. А коли хочешь с покаянием помереть, чтобы, стало быть, в чертоги божии запрету тебе не было, Варваре великомученице молись. Она ходатайница. Она, это верно... Потому ей бог в небесах такое положение определил, чтоб, значит, каждый имел полную праву ее насчет покаяния молить.

Пантелей бормотал и, по-видимому, не заботился о том,

95

слышит его Егорушка или нет. Говорил он вяло, себе под нос, не повышая и не понижая голоса, но в короткое время успел рассказать о многом. Всё рассказанное им состояло из обрывков, имевших очень мало связи между собой и совсем неинтересных для Егорушки. Быть может, он говорил только для того, чтобы теперь утром после ночи, проведенной в молчании, произвести вслух проверку своим мыслям: все ли они дома? Кончив о покаянии, он опять заговорил о каком-то Максиме Николаевиче из-под Славяносербска:

— Да, повез парнишку... Повез, это верно...

Один из подводчиков, шедших далеко впереди, рванулся с места, побежал в сторону и стал хлестать кнутом по земле. Это был рослый, широкоплечий мужчина лет тридцати, русый, кудрявый и, по-видимому, очень сильный и здоровый. Судя по движениям его плеч и кнута, по жадности, которую выражала его поза, он бил что-то живое. К нему подбежал другой подводчик, низенький и коренастый, с черной окладистой бородой, одетый в жилетку и рубаху навыпуск. Этот разразился басистым кашляющим смехом и закричал:

— Братцы, Дымов змея убил! Ей-богу!

Есть люди, об уме которых можно верно судить по их голосу и смеху. Чернобородый принадлежал именно к таким счастливцам: в его голосе и смехе чувствовалась непроходимая глупость. Кончив хлестать, русый Дымов поднял кнутом с земли и со смехом швырнул к подводам что-то похожее на веревку.

— Это не змея, а уж, — крикнул кто-то.

Деревянно шагавший человек с подвязанным лицом быстро зашагал к убитой змее, взглянул на нее и всплеснул своими палкообразными руками.

— Каторжный! — закричал он глухим, плачущим голосом. — За что ты ужика убил? Что он тебе сделал, проклятый ты? Ишь, ужика убил! А ежели бы тебя так?

— Ужа нельзя убивать, это верно... — покойно забормотал Пантелей. — Нельзя... Это не гадюка. Он хоть по виду змея, а тварь тихая, безвинная... Человека любит... Уж-то...

Дымову и чернобородому, вероятно, стало совестно, потому что они громко засмеялись и, не отвечая на ропот, лениво поплелись к своим возам. Когда задняя подвода поравнялась с тем местом, где лежал убитый уж, человек с подвязанным лицом, стоящий над ужом, обернулся к Пантелею и спросил плачущим голосом:

— Дед, ну за что он убил ужика?

Глаза у него, как теперь разглядел Егорушка, были маленькие, тусклые, лицо серое, больное и тоже как будто тусклое, а подбородок был красен и представлялся сильно опухшим.

— Дед, ну за что убил? — повторил он, шагая рядом с Пантелеем.

— Глупый человек, руки чешутся, оттого и убил, — ответил старик. — А ужа бить нельзя... Это верно... Дымов, известно, озорник, всё убьет, что под руку попадется, а Кирюха не вступился. Вступиться бы надо, а он — ха-ха-ха, да хо-хо-хо... А ты, Вася, не серчай... Зачем серчать? Убили, ну и бог с ними... Дымов озорник, а Кирюха от глупого ума... Ничего... Люди глупые, непонимающие, ну и бог с ними. Вот Емельян никогда не тронет, что не надо. Никогда, это верно... Потому человек образованный, а они глупые... Емельян-то... Он не тронет.

Подводчик в рыжем пальто и с губчатой шишкой, дирижировавший невидимым хором, услышав свое имя, остановился и, выждав, когда Пантелей и Вася поравнялись с ним, пошел рядом.

— О чем разговор? — спросил он сиплым, придушенным голосом.

— Да вот Вася серчает, — сказал Пантелей. — Я ему разные слова, чтобы он не серчал, значит... Эх, ножки мои больные, стуженые! Э-эх! Раззуделись ради воскресенья, праздничка господня!

— Это от ходьбы, — заметил Вася.

— Не, паря, не... Не от ходьбы. Когда хожу, словно легче, когда ложусь да согреюсь — смерть моя. Ходить мне вольготней.

Емельян в рыжем пальто стал между Пантелеем и Васей и замахал рукой, как будто те собирались петь. Помахав немножко, он опустил руку и безнадежно крякнул.

— Нету у меня голосу! — сказал он. — Чистая напасть! Всю ночь и утро мерещится мне тройное «Господи, помилуй», что мы на венчании у Мариновского пели; сидит оно в голове и в глотке... так бы, кажется и спел, а не могу! Нету голосу!

Он помолчал минуту, о чем-то думая, и продолжал:

— Пятнадцать лет был в певчих, во всем Луганском заводе, может, ни у кого такого голоса не было, а как, чтоб его шут, выкупался в третьем году в Донце, так с той поры ни одной ноты не могу взять чисто. Глотку застудил. А мне без голосу всё равно, что работнику без руки.

— Это верно, — согласился Пантелей.

— Об себе я так понимаю, что я пропащий человек и больше ничего.

В это время Вася нечаянно увидел Егорушку. Глаза его замаслились и стали еще меньше.

— И паничек с нами едет! — сказал он и прикрыл нос рукавом, точно застыдившись. — Какой извозчик важный! Оставайся с нами, будешь с обозом ездить, шерсть возить.

Мысль о совместимости в одном теле паничка с извозчиком показалась ему, вероятно, очень курьезной и остроумной, потому что он громко захихикал и продолжал развивать эту мысль. Емельян тоже взглянул вверх на Егорушку, но мельком и холодно. Он был занят своими мыслями, и если бы не Вася, то не заметил бы присутствия Егорушки. Не прошло и пяти минут, как он опять замахал рукой, потом, расписывая своим спутникам красоты венчального «Господи, помилуй», которое ночью пришло ему на память, взял кнут под мышку и замахал обеими руками.

За версту от деревни обоз остановился около колодца с журавлем. Опуская в колодезь свое ведро, чернобородый Кирюха лег животом на сруб и сунул в темную дыру свою мохнатую голову, плечи и часть груди, так что Егорушке были видны одни только его короткие ноги, едва касавшиеся земли; увидев далеко на дне колодца отражение своей головы, он обрадовался и залился глупым, басовым смехом, а колодезное эхо ответило ему тем же; когда он поднялся, его лицо и шея были красны, как кумач. Первый подбежал пить Дымов. Он пил со смехом, часто отрываясь от ведра и рассказывая Кирюхе о чем-то смешном, потом поперхнулся и громко, на всю степь, произнес штук пять нехороших слов. Егорушка не понимал значения подобных слов, но что они были дурные, ему было хорошо известно. Он знал об отвращении, которое молчаливо питали к ним его родные и знакомые, сам, не зная почему, разделял это чувство и привык думать, что одни только пьяные да буйные пользуются привилегией произносить громко эти слова. Он вспомнил убийство ужа, прислушался к смеху Дымова и почувствовал к этому человеку что-то вроде ненависти. И как нарочно, Дымов в это время увидел Егорушку, который слез с воза и шел к колодцу; он громко засмеялся и крикнул:

— Братцы, старик ночью мальчишку родил!

Кирюха закашлялся от басового смеха. Засмеялся и еще кто-то, а Егорушка покраснел и окончательно решил, что Дымов очень злой человек.

Русый, с кудрявой головой, без шапки и с расстегнутой на груди рубахой, Дымов казался красивым и необыкновенно сильным; в каждом его движении виден был озорник и силач, знающий себе цену. Он поводил плечами, подбоченивался, говорил и смеялся громче всех и имел такой вид, как будто собирался поднять одной рукой что-то очень тяжелое и удивить этим весь мир. Его шальной насмешливый взгляд скользил по дороге, по обозу и по небу, ни на чем не останавливался и, казалось, искал, кого бы еще убить от нечего делать и над чем бы посмеяться. По-видимому, он никого не боялся, ничем не стеснял себя и, вероятно, совсем не интересовался мнением Егорушки... А Егорушка уж всей душой ненавидел его русую голову, чистое лицо и силу, с отвращением и страхом слушал его смех и придумывал, какое бы бранное слово сказать ему в отместку. Пантелей тоже подошел к ведру. Он вынул из кармана зеленый лампадный стаканчик, вытер его тряпочкой, зачерпнул им из ведра и выпил, потом еще раз зачерпнул, завернул стаканчик в тряпочку и положил его обратно в карман.

— Дед, зачем ты пьешь из лампадки? — удивился Егорушка.

— Кто пьет из ведра, а кто из лампадки, — ответил уклончиво старик. — Каждый по-своему... Ты из ведра пьешь, ну и пей на здоровье...

— Голубушка моя, матушка-красавица, — заговорил вдруг Вася ласковым, плачущим голосом. — Голубушка моя!

99

Глаза его были устремлены вдаль, они замаслились, улыбались, и лицо приняло такое же выражение, какое у него было ранее, когда он глядел на Егорушку.

— Кому это ты? — спросил Кирюха.

— Лисичка-матушка... легла на спину и играет, словно собачка...

Все стали смотреть вдаль и искать глазами лисицу, но ничего не нашли. Один только Вася видел что-то своими мутными серыми глазками и восхищался. Зрение у него, как потом убедился Егорушка, было поразительно острое. Он видел так хорошо, что бурая пустынная степь была для него всегда полна жизни и содержания. Стоило ему только вглядеться в даль, чтобы увидеть лисицу, зайца, дрохву или другое какое-нибудь животное, держащее себя подальше от людей. Немудрено увидеть убегающего зайца или летящую дрохву — это видел всякий, проезжавший степью, — но не всякому доступно видеть диких животных в их домашней жизни, когда они не бегут, не прячутся и не глядят встревоженно по сторонам. А Вася видел играющих лисиц, зайцев, умывающихся лапками, дрохв, расправляющих крылья, стрепетов, выбивающих свои «точки». Благодаря такой остроте зрения, кроме мира, который видели все, у Васи был еще другой мир, свой собственный, никому не доступный и, вероятно, очень хороший, потому что, когда он глядел и восхищался, трудно было не завидовать ему.

Когда обоз тронулся дальше, в церкви зазвонили к обедне.

V

Обоз расположился в стороне от деревни на берегу реки. Солнце жгло по-вчерашнему, воздух был неподвижен и уныл. На берегу стояло несколько верб, но тень от них падала не на землю, а на воду, где пропадала даром, в тени же под возами было душно и скучно. Вода, голубая оттого, что в ней отражалось небо, страстно манила к себе.

Подводчик Степка, на которого только теперь обратил внимание Егорушка, восемнадцатилетний мальчик-хохол, в длинной рубахе, без пояса и в широких шароварах навыпуск, болтавшихся при ходьбе как флаги, быстро разделся, сбежал вниз по крутому бережку и бултыхнулся в воду. Он раза три нырнул, потом поплыл на спине и закрыл от удовольствия глаза. Лицо его улыбалось и морщилось, как будто ему было щекотно, больно и смешно.

В жаркий день, когда некуда деваться от зноя и духоты, плеск воды и громкое дыхание купающегося человека действуют на слух, как хорошая музыка. Дымов и Кирюха, глядя на Степку, быстро разделись и, один за другим, с громким смехом и предвкушая наслаждение, попадали в воду. И тихая, скромная речка огласилась фырканьем, плеском и криком. Кирюха кашлял, смеялся и кричал так, как будто его хотели утопить, а Дымов гонялся за ним и старался схватить его за ногу.

— Ге-ге-ге! — кричал он. — Лови, держи его!

Кирюха хохотал и наслаждался, но выражение лица у него было такое же, как и на суше: глупое, ошеломленное, как будто кто незаметно подкрался к нему сзади и хватил его обухом по голове. Егорушка тоже разделся, но не спускался вниз по бережку, а разбежался и полетел с полуторасаженной вышины. Описав в воздухе дугу, он упал в воду, глубоко погрузился, но дна не достал; какая-то сила, холодная и приятная на ощупь, подхватила его и понесла обратно наверх. Он вынырнул и, фыркая, пуская пузыри, открыл глаза; но на реке как раз возле его лица отражалось солнце. Сначала ослепительные искры, потом радуги и темные пятна заходили в его глазах; он поспешил опять нырнуть, открыл в воде глаза и увидел что-то мутно-зеленое, похожее на небо в лунную ночь. Опять та же сила, не давая ему коснуться дна и побыть в прохладе, понесла его наверх, он вынырнул и вздохнул так глубоко, что стало просторно и свежо не только в груди, но даже в животе. Потом, чтобы взять от воды всё, что только можно взять, он позволял себе всякую роскошь: лежал на спине и нежился, брызгался, кувыркался, плавал и на животе, и боком, и на спине, и встоячую — как хотел, пока не утомился. Другой берег густо порос камышом, золотился на солнце, и камышовые цветы красивыми кистями наклонились к воде. На одном месте камыш вздрагивал, кланялся своими цветами и издавал треск — то Степка и Кирюха «драли» раков.

— Рак! Гляди, братцы: рак! — закричал торжествующе Кирюха и показал действительно рака.

Егорушка поплыл к камышу, нырнул и стал шарить около камышовых кореньев, копаясь в жидком, осклизлом иле, он нащупал что-то острое и противное, может быть, и в самом деле рака, но в это время кто-то схватил его за ногу и потащил наверх. Захлебываясь и кашляя, Егорушка открыл глаза и увидел перед собой мокрое смеющееся лицо озорника Дымова. Озорник тяжело дышал и, судя по глазам, хотел продолжать шалить. Он крепко держал Егорушку за ногу и уж поднял другую руку, чтобы схватить его за шею, но Егорушка с отвращением и со страхом, точно брезгуя и боясь, что силач его утопит, рванулся от него и проговорил:

— Дурак! Я тебе в морду дам!

Чувствуя, что этого недостаточно для выражения ненависти, он подумал и прибавил:

— Мерзавец! Сукин сын!

А Дымов, как ни в чем не бывало, уже не замечал Егорушки, а плыл к Кирюхе и кричал:

— Ге-ге-гей! Давайте рыбу ловить! Ребята, рыбу ловить!

— А что ж? — согласился Кирюха. — Должно, тут много рыбы...

— Степка, побеги на деревню, попроси у мужиков бредня!

— Не дадут!

— Дадут! Ты попроси! Скажи, чтоб они заместо Христа ради, потому мы всё равно — странники.

— Это верно!

Степка вылез из воды, быстро оделся и без шапки, болтая своими широкими шароварами, побежал к деревне. После столкновения с Дымовым вода потеряла уже для Егорушки всякую прелесть. Он вылез и стал одеваться. Пантелей и Вася сидели на крутом берегу, свесив вниз ноги, и глядели на купающихся. Емельян голый стоял по колена в воде у самого берега, держался одной рукой за траву, чтобы не упасть, а другою гладил себя по телу. С костистыми лопатками, с шишкой под глазом, согнувшийся и явно трусивший воды, он представлял из себя смешную фигуру. Лицо у него было серьезное, строгое, глядел он на воду сердито, как будто собирался выбранить ее за то, что она когда-то простудила его в Донце и отняла у него голос.

— А ты отчего не купаешься? — спросил Егорушка у Васи.

— А так... Не люблю... — ответил Вася.

— Отчего это у тебя подбородок распух?

— Болит... Я, паничек, на спичечной фабрике работал... Доктор сказывал, что от этого самого у меня и черлюсть пухнет. Там воздух нездоровый. А кроме меня, еще у троих ребят черлюсть раздуло, а у одного так совсем сгнила.

Скоро вернулся Степка с бреднем. Дымов и Кирюха от долгого пребывания в воде стали лиловыми и охрипли, но за рыбную ловлю принялись с охотой. Сначала они пошли по глубокому месту, вдоль камыша; тут Дымову было по шею, а малорослому Кирюхе с головой; последний захлебывался и пускал пузыри, а Дымов, натыкаясь на колючие корни, падал и путался в бредне, оба барахтались и шумели, и из их рыбной ловли выходила одна шалость.

— Глыбоко, — хрипел Кирюха. — Ничего не поймаешь!

— Не дергай, чёрт! — кричал Дымов, стараясь придать бредню надлежащее положение. — Держи руками!

— Тут вы не поймаете! — кричал им с берега Пантелей. — Только рыбу пужаете, дурни! Забирайте влево! Там мельче!

Раз над бреднем блеснула крупная рыбешка; все ахнули, а Дымов ударил кулаком по тому месту, где она исчезла, и на лице его выразилась досада.

— Эх! — крикнул Пантелей и притопнул ногами. — Прозевали чикамаса! Ушел!

Забирая влево, Дымов и Кирюха мало-помалу выбрались на мелкое, и тут ловля пошла настоящая. Они забрели от подвод шагов на триста; видно было, как они, молча и еле двигая ногами, стараясь забирать возможно глубже и поближе к камышу, волокли бредень, как они, чтобы испугать рыбу и загнать ее к себе в бредень, били кулаками по воде и шуршали в камыше. От камыша они шли к другому берегу, тащили там бредень, потом с разочарованным видом, высоко поднимая колена, шли обратно к камышу. О чем-то они говорили, но о чем — не было слышно. А солнце жгло им в спины, кусались мухи, и тела их из лиловых стали багровыми. За ними с ведром в руках, засучив рубаху под самые подмышки и держа ее зубами за подол, ходил Степка. После каждой удачной ловли он поднимал вверх какую-нибудь рыбу и, блестя ею на солнце, кричал:

— Поглядите, какой чикамас! Таких уж штук пять есть!

Видно было, как, вытащив бредень, Дымов, Кирюха и Степка всякий раз долго копались в иле, что-то клали в ведро, что-то выбрасывали; изредка что-нибудь попавшее в бредень они брали с рук на руки, рассматривали с любопытством, потом тоже бросали...

— Что там? — кричали им с берега.

Степка что-то отвечал, но трудно было разобрать его слова. Вот он вылез из воды и, держа ведро обеими руками, забывая опустить рубаху, побежал к подводам.

— Уже полное! — кричал он, тяжело дыша. — Давайте другое!

Егорушка заглянул в ведро: оно было полно; из воды высовывала свою некрасивую морду молодая щука, а возле нее копошились раки и мелкие рыбешки. Егорушка запустил руку на дно и взболтал воду; щука исчезла под раками, а вместо нее всплыли наверх окунь и линь. Вася тоже заглянул в ведро. Глаза его замаслились и лицо стало ласковым, как раньше, когда он видел лисицу. Он вынул что-то из ведра, поднес ко рту и стал жевать. Послышалось хрустенье.

— Братцы, — удивился Степка, — Васька пескаря живьем ест! Тьфу!

— Это не пескарь, а бобырик, — покойно ответил Вася, продолжая жевать.

Он вынул изо рта рыбий хвостик, ласково поглядел на него и опять сунул в рот. Пока он жевал и хрустел зубами, Егорушке казалось, что он видит перед собой не человека. Пухлый подбородок Васи, его тусклые глаза, необыкновенно острое зрение, рыбий хвостик во рту и ласковость, с какою он жевал пескаря, делали его похожим на животное.

Егорушке стало скучно возле него. Да и рыбная ловля уже кончилась. Он прошелся около возов, подумал и от скуки поплелся к деревне.

Немного погодя он уже стоял в церкви и, положив лоб на чью-то спину, пахнувшую коноплей, слушал, как пели на клиросе.

Обедня уже близилась к концу. Егорушка ничего не понимал в церковном пении и был равнодушен к нему. Он послушал немного, зевнул и стал рассматривать затылки и спины. В одном затылке, рыжем и мокром от недавнего купанья, он узнал Емельяна. Затылок был выстрижен под скобку и выше, чем принято; виски были тоже выстрижены выше, чем следует, и красные уши Емельяна торчали, как два лопуха, и, казалось, чувствовали себя не на своем месте. Глядя на затылок и на уши, Егорушка почему-то подумал, что Емельян, вероятно, очень несчастлив. Он вспомнил его дирижирование, сиплый голос, робкий вид во время купанья и почувствовал к нему сильную жалость. Ему захотелось сказать что-нибудь ласковое.

— А я здесь! — сказал он, дернув его за рукав.

Люди, поющие в хоре тенором или басом, особенно те, которым хоть раз в жизни приходилось дирижировать, привыкают смотреть на мальчиков строго и нелюдимо. Эту привычку не оставляют они и потом, переставая быть певчими. Обернувшись к Егорушке, Емельян поглядел на него исподлобья и сказал:

— Не балуйся в церкви!

Затем Егорушка пробрался вперед, поближе к иконостасу. Тут он увидел интересных людей. Впереди всех по правую сторону на ковре стояли какие-то господин и дама. Позади них стояло по стулу. Господин был одет в свежевыглаженную чечунчовую пару, стоял неподвижно, как солдат, отдающий честь, и высоко держал свой синий, бритый подбородок. В его стоячих воротничках, в синеве подбородка, в небольшой лысине и в трости чувствовалось очень много достоинства. От избытка достоинства шея его была напряжена и подбородок тянуло вверх с такой силой, что голова, казалось, каждую минуту готова была оторваться и полететь вверх. А дама, полная и пожилая, в белой шелковой шали, склонила голову набок и глядела так, как будто только что сделала кому-то одолжение и хотела сказать: «Ах, не беспокойтесь благодарить! Я этого не люблю...» Вокруг ковра густой стеной стояли хохлы.

Егорушка подошел к иконостасу и стал прикладываться к местным иконам. Перед каждым образом он не спеша клал земной поклон, не вставая с земли, оглядывался назад на народ, потом вставал и прикладывался. Прикосновение лбом к холодному полу доставляло ему большое удовольствие. Когда из алтаря вышел сторож с длинными щипцами, чтобы тушить свечи, Егорушка быстро вскочил с земли и побежал к нему.

— Раздавали уж просфору? — спросил он.

— Нету, нету... — угрюмо забормотал сторож. — Нечего тут...

Обедня кончилась. Егорушка не спеша вышел из церкви и пошел бродить по площади. На своем веку перевидал он немало деревень, площадей и мужиков, и всё, что теперь попадалось ему на глаза, совсем не интересовало его. От нечего делать, чтобы хоть чем-нибудь убить время, он зашел в лавку, над дверями которой висела широкая кумачовая полоса. Лавка состояла из двух просторных, плохо освещенных половин: в одной продавались красный товар и бакалея, а в другой стояли бочки с дегтем и висели на потолке хомуты; из той, другой, шел вкусный запах кожи и дегтя. Пол в лавке был полит; поливал его, вероятно, большой фантазер и вольнодумец, потому что он весь был покрыт узорами и кабалистическими знаками. За прилавком, опершись животом о конторку, стоял откормленный лавочник с широким лицом и с круглой бородой, по-видимому великоросс. Он пил чай вприкуску и после каждого глотка испускал глубокий вздох. Лицо его выражало совершенное равнодушие, но в каждом вздохе слышалось: «Ужо погоди, задам я тебе!»

— Дай мне на копейку подсолнухов! — обратился к нему Егорушка.

Лавочник поднял брови, вышел из-за прилавка и всыпал в карман Егорушки на копейку подсолнухов, причем мерой служила пустая помадная баночка. Егорушке не хотелось уходить. Он долго рассматривал ящики с пряниками, подумал и спросил, указывая на мелкие вяземские пряники, на которых от давности лет выступила ржавчина:

— Почем эти пряники?

— Копейка пара.

Егорушка достал из кармана пряник, подаренный ему вчера еврейкой, и спросил:

— А такие пряники у тебя почем?

Лавочник взял в руки пряник, оглядел его со всех сторон и поднял одну бровь.

— Такие? — спросил он.

Потом поднял другую бровь, подумал и ответил:

— Три копейки пара...

Наступило молчание.

— Вы чьи? — спросил лавочник, наливая себе чаю из красного медного чайника.

— Племянник Ивана Иваныча.

— Иваны Иванычи разные бывают, — вздохнул лавочник; он поглядел через Егорушкину голову на дверь, помолчал и спросил: — Чайку не желаете ли?

— Пожалуй... — согласился Егорушка с некоторой неохотой, хотя чувствовал сильную тоску по утреннем чае.

Лавочник налил ему стакан и подал вместе с огрызенным кусочком сахару. Егорушка сел на складной стул и стал пить. Он хотел еще спросить, сколько стоит фунт миндаля в сахаре, и только что завел об этом речь, как вошел покупатель, и хозяин, отставив в сторону свой стакан, занялся делом. Он повел покупателя в ту половину, где пахло дегтем, и долго о чем-то разговаривал с ним. Покупатель, человек, по-видимому, очень упрямый и себе на уме, всё время в знак несогласия мотал головой и пятился к двери. Лавочник убедил его в чем-то и начал сыпать ему овес в большой мешок.

— Хиба це овес? — сказал печально покупатель. — Це не овес, а полова, курам на смих... Ни, пиду к Бондаренку!

Когда Егорушка вернулся к реке, на берегу дымил небольшой костер. Это подводчики варили себе обед. В дыму стоял Степка и большой зазубренной ложкой мешал в котле. Несколько в стороне, с красными от дыма глазами, сидели Кирюха и Вася и чистили рыбу. Перед ними лежал покрытый илом и водорослями бредень, на котором блестела рыба и ползали раки.

Недавно вернувшийся из церкви Емельян сидел рядом с Пантелеем, помахивал рукой и едва слышно напевал сиплым голоском: «Тебе поем...» Дымов бродил около лошадей.

Кончив чистить, Кирюха и Вася собрали рыбу и живых раков в ведро, всполоснули и из ведра вывалили всё в кипевшую воду.

— Класть сала? — спросил Степка, снимая ложкой пену.

— Зачем? Рыба свой сок пустит, — ответил Кирюха.

Перед тем, как снимать с огня котел, Степка всыпал в воду три пригоршни пшена и ложку соли; в заключение он попробовал, почмокал губами, облизал ложку и самодовольно крякнул — это значило, что каша уже готова.

Все, кроме Пантелея, сели вокруг котла и принялись работать ложками.

— Вы! Дайте парнишке ложку! — строго заметил Пантелей. — Чай, небось, тоже есть хочет!

— Наша еда мужицкая!.. — вздохнул Кирюха.

— И мужицкая пойдет во здравие, была бы охота.

Егорушке дали ложку. Он стал есть, но не садясь, а стоя у самого котла и глядя в него, как в яму. От каши пахло рыбной сыростью, то и дело среди пшена попадалась рыбья чешуя; раков нельзя было зацепить ложкой, и обедавшие доставали их из котла прямо руками; особенно не стеснялся в этом отношении Вася, который мочил в каше не только руки, но и рукава. Но каша все-таки показалась Егорушке очень вкусной и напоминала ему раковый суп, который дома в постные дни варила его мамаша. Пантелей сидел в стороне и жевал хлеб.

— Дед, а ты чего не ешь? — спросил его Емельян.

— Не ем я раков... Ну их! — сказал старик и брезгливо отвернулся.

Пока ели, шел общий разговор. Из этого разговора Егорушка понял, что у всех его новых знакомых, несмотря на разницу лет и характеров, было одно общее, делавшее их похожими друг на друга: все они были люди с прекрасным прошлым и с очень нехорошим настоящим; о своем прошлом они, все до одного, говорили с восторгом, к настоящему же относились почти с презрением. Русский человек любит вспоминать, но не любит жить; Егорушка еще не знал этого, и, прежде чем каша была съедена, он уж глубоко верил, что вокруг котла сидят люди, оскорбленные и обиженные судьбой. Пантелей рассказывал, что в былое время, когда еще не было железных дорог, он ходил с обозами в Москву и в Нижний, зарабатывал так много, что некуда было девать денег. А какие в то время были купцы, какая рыба, как всё было дешево! Теперь же дороги стали короче, купцы скупее, народ беднее, хлеб дороже, всё измельчало и сузилось до крайности. Емельян говорил, что прежде он служил в Луганском заводе в певчих, имел замечательный голос и отлично читал ноты, теперь же он обратился в мужика и кормится милостями брата, который посылает его со своими лошадьми и берет себе за это половину заработка. Вася когда-то служил на спичечной фабрике; Кирюха жил в кучерах у хороших людей и на весь округ считался лучшим троечником. Дымов, сын зажиточного мужика, жил в свое удовольствие, гулял и не знал горя, но едва ему минуло двадцать лет, как строгий, крутой отец, желая приучить его к делу и боясь, чтобы он дома не избаловался, стал посылать его в извоз как бобыля-работника. Один Степка молчал, но и по его безусому лицу видно было, что прежде жилось ему гораздо лучше, чем теперь.

Вспомнив об отце, Дымов перестал есть и нахмурился. Он исподлобья оглядел товарищей и остановил свой взгляд на Егорушке.

— Ты, нехристь, сними шапку! — сказал он грубо — Нешто можно в шапке есть? А еще тоже барин!

Егорушка снял шляпу и не сказал ни слова, но уж не понимал вкуса каши и не слышал, как вступились за него Пантелей и Вася. В его груди тяжело заворочалась злоба против озорника, и он порешил во что бы то ни стало сделать ему какое-нибудь зло.

После обеда все поплелись к возам и повалились в тень.

— Дед, скоро мы поедем? — спросил Егорушка у Пантелея.

— Когда бог даст, тогда и поедем... Сейчас не поедешь, жарко... Ох, господи твоя воля, владычица... Ложись, парнишка!

Скоро из-под возов послышался храп. Егорушка хотел было опять пойти в деревню, но подумал, позевал и лег рядом со стариком.

VI

Обоз весь день простоял у реки и тронулся с места, когда садилось солнце.

Опять Егорушка лежал на тюке, воз тихо скрипел и покачивался, внизу шел Пантелей, притопывал ногами, хлопал себя по бедрам и бормотал; в воздухе по-вчерашнему стрекотала степная музыка.

Егорушка лежал на спине и, заложив руки под голову, глядел

вверх на небо. Он видел, как зажглась вечерняя заря, как потом она угасала; ангелы-хранители, застилая горизонт своими золотыми крыльями, располагались на ночлег; день прошел благополучно, наступила тихая, благополучная ночь, и они могли спокойно сидеть у себя дома на небе... Видел Егорушка, как мало-помалу темнело небо и опускалась на землю мгла, как засветились одна за другой звезды.

Когда долго, не отрывая глаз, смотришь на глубокое небо, то почему-то мысли и душа сливаются в сознание одиночества. Начинаешь чувствовать себя непоправимо одиноким, и всё то, что считал раньше близким и родным, становится бесконечно далеким и не имеющим цены. Звезды, глядящие с неба уже тысячи лет, само непонятное небо и мгла, равнодушные к короткой жизни человека, когда остаешься с ними с глазу на глаз и стараешься постигнуть их смысл, гнетут душу своим молчанием; приходит на мысль то одиночество, которое ждет каждого из нас в могиле, и сущность жизни представляется отчаянной, ужасной...

Егорушка думал о бабушке, которая спит теперь на кладбище под вишневыми деревьями; он вспомнил, как она лежала в гробу с медными пятаками на глазах, как потом ее прикрыли крышкой и опустили в могилу; припомнился ему и глухой стук комков земли о крышку... Он представил себе бабушку в тесном и темном гробу, всеми оставленную и беспомощную. Его воображение рисовало, как бабушка вдруг просыпается и, не понимая, где она, стучит в крышку, зовет на помощь и, в конце концов, изнемогши от ужаса, опять умирает. Вообразил он мертвыми мамашу, о. Христофора, графиню Драницкую, Соломона. Но как он ни старался вообразить себя самого в темной могиле, вдали от дома, брошенным, беспомощным и мертвым, это не удавалось ему; лично для себя он не допускал возможности умереть и чувствовал, что никогда не умрет...

А Пантелей, которому пора уже было умирать, шел внизу и делал перекличку своим мыслям.

— Ничего... хорошие господа... — бормотал он. — Повезли парнишку в ученье, а как он там, не слыхать про то... В Славяносербском, говорю, нету такого заведения, чтоб до большого ума доводить... Нету, это верно... А парнишка хороший, ничего...

Вырастет, отцу будет помогать. Ты, Егорий, теперь махонький, а станешь большой, отца-мать кормить будешь. Так от бога положено... Чти отца твоего и матерь твою... У меня у самого были детки, да погорели... И жена сгорела, и детки... Это верно, под Крещенье ночью загорелась изба... Меня-то дома не было, я в Орел ездил. В Орел... Марья-то выскочила на улицу, да вспомнила, что дети в избе спят, побежала назад и сгорела с детками... Да... На другой день одни только косточки нашли.

Около полуночи подводчики и Егорушка опять сидели вокруг небольшого костра. Пока разгорался бурьян, Кирюха и Вася ходили за водой куда-то в балочку; они исчезли в потемках, но всё время слышно было, как они звякали ведрами и разговаривали; значит, балочка была недалеко. Свет от костра лежал на земле большим мигающим пятном; хотя и светила луна, но за красным пятном всё казалось непроницаемо черным. Подводчикам свет бил в глаза, и они видели только часть большой дороги; в темноте едва заметно в виде гор неопределенной формы обозначались возы с тюками и лошади. В двадцати шагах от костра, на границе дороги с полем стоял деревянный могильный крест, покосившийся в сторону. Егорушка, когда еще не горел костер и можно было видеть далеко, заметил, что точно такой же старый, покосившийся крест стоял на другой стороне большой дороги.

Вернувшись с водой, Кирюха и Вася налили полный котел и укрепили его на огне Степка с зазубренной ложкой в руках занял свое место в дыму около котла и, задумчиво глядя на воду, стал дожидаться, пока покажется пена. Пантелей и Емельян сидели рядом, молчали и о чем-то думали. Дымов лежал на животе, подперев кулаками голову, и глядел на огонь; тень от Степки прыгала по нем, отчего красивое лицо его то покрывалось потемками, то вдруг вспыхивало... Кирюха и Вася бродили поодаль и собирали для костра бурьян и берест, Егорушка, заложив руки в карманы, стоял около Пантелея и смотрел, как огонь ел траву.

Все отдыхали, о чем-то думали, мельком поглядывали на крест, по которому прыгали красные пятна. В одинокой могиле есть что-то грустное, мечтательное и в высокой степени поэтическое... Слышно, как она молчит, и в этом молчании чувствуется присутствие души неизвестного человека, лежащего под крестом. Хорошо ли этой душе в степи? Не тоскует ли она в лунную ночь? А степь возле могилы кажется грустной, унылой и задумчивой, трава печальней и кажется, что кузнецы кричат сдержанней... И нет того прохожего, который не помянул бы одинокой души и не оглядывался бы на могилу до тех пор, пока она не останется далеко позади и не покроется мглою...

— Дед, зачем это крест стоит? — спросил Егорушка.

Пантелей поглядел на крест, потом на Дымова и спросил:

— Микола, это, бывает, не то место, где косари купцов убили?

Дымов нехотя приподнялся на локте, посмотрел на дорогу и ответил:

— Оно самое...

Наступило молчание. Кирюха затрещал сухой травой, смял ее в ком и сунул под котел. Огонь ярче вспыхнул; Степку обдало черным дымом, и в потемках по дороге около возов пробежала тень от креста.

— Да, убили... — сказал нехотя Дымов. — Купцы, отец с сыном, ехали образа продавать. Остановились тут недалече в постоялом дворе, что теперь Игнат Фомин держит. Старик выпил лишнее и стал хвалиться, что у него с собой денег много. Купцы, известно, народ хвастливый, не дай бог... Не утерпит, чтоб не показать себя перед нашим братом в лучшем виде. А в ту пору на постоялом дворе косари ночевали. Ну, услыхали это они, как купец хвастает, и взяли себе во внимание.

— О, господи... владычица! — вздохнул Пантелей.

— На другой день чуть свет, — продолжал Дымов, — купцы собрались в дорогу, а косари с ними ввязались. «Пойдем, ваше степенство, вместе. Веселей, да и опаски меньше, потому здесь место глухое...» Купцы, чтоб образов не побить, шагом ехали, а косарям это на руку...

Дымов стал на колени и потянулся.

— Да, — продолжал он, зевая. — Всё ничего было, а как только купцы доехали до этого места, косари и давай чистить их косами. Сын, молодец был, выхватил у одного косу и тоже давай чистить... Ну, конечно, те одолели, потому их человек восемь было. Изрезали купцов так, что живого места на теле не осталось; кончил и свое дело и стащили с дороги обоих, отца на одну сторону, а сына на другую. Супротив этого креста на той стороне еще другой крест есть... Цел ли — не знаю... Отсюда не видать.

— Цел, — сказал Кирюха.

— Сказывают, денег потом нашли мало.

— Мало, — подтвердил Пантелей. — Рублей сто нашли.

— Да, а трое из них потом померли, потому купец их тоже больно косой порезал... Кровью сошли. Одному купец руку отхватил, так тот, сказывают, версты четыре без руки бежал и под самым Куриковым его на бугорочке нашли. Сидит на корточках, голову на колени положил, словно задумавшись, а поглядели — в нем души нет, помер...

— По кровяному следу его нашли... — сказал Пантелей.

Все посмотрели на крест, и опять наступила тишина. Откуда-то, вероятно из балочки, донесся грустный крик птицы: «Сплю! сплю! сплю!..»

— Злых людей много на свете, — сказал Емельян.

— Много, много! — подтвердил Пантелей и придвинулся поближе к огню с таким выражением, как будто ему становилось жутко. — Много, — продолжал он вполголоса. — Перевидал я их на своем веку видимо-невидимо... Злых-то людей... Святых и праведных видел много, а грешных и не перечесть... Спаси и помилуй, царица небесная... Помню раз, годов тридцать назад, а может и больше, вез я купца из Моршанска. Купец был славный, видный из себя и при деньгах... купец-то... Хороший человек, ничего... Вот, стало быть, ехали мы и остановились ночевать в постоялом дворе. А в России постоялые дворы не то, что в здешнем краю. Там дворы крытые на манер базов, или, скажем, как клуни в хороших экономиях. Только клуни повыше будут. Ну, остановились мы и ничего себе. Купец мой в комнатке, я при лошадях, и всё как следует быть. Так вот, братцы, помолился я богу, чтоб, значит, спать, и пошел походить по двору. А ночь была темная, зги не видать, хоть не гляди вовсе. Прошелся я этак немножко, вот как до возов примерно, и вижу — огонь брезжится. Что за притча? Кажись, и хозяева давно спать положились, и акромя меня с купцом других постояльцев не было... Откуда огню быть? Взяло меня сумнение... Подошел я поближе... к огню-то... Господи, помилуй и спаси, царица небесная! Смотрю, а у самой земли

113

окошечко с решеткой... в доме-то... Лег я на землю и поглядел; как поглядел, так по всему моему телу и пошел мороз...

Кирюха, стараясь не шуметь, сунул в костер пук бурьяна. Дождавшись, когда бурьян перестал трещать и шипеть, старик продолжал.

— Поглядел я туда, а там подвал, большой такой, темный да сумный... На бочке фонарик горит. Посреди подвала стоят человек десять народу в красных рубахах, засучили рукава и длинные ножики точат... Эге! Ну, значит, мы в шайку попали, к разбойникам... Что тут делать? Побег я к купцу, разбудил его потихоньку и говорю: «Ты, говорю, купец, не пужайся, а дело наше плохо... Мы, говорю, в разбойничье гнездо попали». Он сменился с лица и спрашивает: «Что ж мы теперь, Пантелей, делать станем? При мне денег сиротских много... Насчет души, говорит, моей волен господь бог, не боюсь помереть, а, говорит, страшно сиротские деньги загубить...» Что тут прикажешь делать? Ворота запертые, некуда ни выехать, ни выйти... Будь забор, через забор перелезть можно, а то двор крытый!... — «Ну, говорю, купец, ты не пужайся, а молись богу. Может, господь не захочет сирот обижать. Оставайся, говорю, и виду не подавай, а я тем временем, может, и придумаю что...» Ладно... Помолился я богу, и наставил меня бог на ум... Взлез я на свой тарантас и тихонько... тихонько, чтоб никто не слыхал, стал обдирать солому в стрехе, проделал дырку и вылез наружу. Наружу-то... Потом прыгнул я с крыши и побег по дороге что есть духу. Бежал я, бежал, замучился до смерти... Может, верст пять пробежал одним духом, а то и больше... Благодарить бога, вижу — стоит деревня. Подбежал я к избе, стал стучать в окно. «Православные, говорю, так и так, мол, не дайте христианскую душу загубить...» Побудил всех... Собрались мужики и пошли со мной... Кто с веревкой, кто с дубьем, кто с вилами... Сломали мы это в постоялом дворе ворота и сейчас в подвал... А разбойники ножики-то уж поточили и собрались купца резать. Забрали их мужики всех, как есть, перевязали и повели к начальству. Купец им на радостях три сотенных пожертвовал, а мне пять лобанчиков дал и имя мое в поминанье к себе записал. Сказывают, потом в подвале костей человечьих нашли видимо-невидимо. Костей-то... Они, значит, грабили народ, а потом зарывали, чтоб следов не было... Ну, потом их в Моршанске через палачей наказывали.

114

Пантелей кончил рассказ и оглядел своих слушателей. Те молчали и смотрели на него. Вода уже кипела, и Степка снимал пену.

— Сало-то готово? — спросил его шёпотом Кирюха.

— Погоди маленько... Сейчас.

Степка, не отрывая глаз от Пантелея и как бы боясь, чтобы тот не начал без него рассказывать, побежал к возам; скоро он вернулся с небольшой деревянной чашкой и стал растирать в ней свиное сало.

— Ехал я в другой раз тоже с купцом... — продолжал Пантелей по-прежнему вполголоса и не мигая глазами. — Звали его, как теперь помню, Петр Григорьич. Хороший был человек... купец-то... Остановились мы таким же манером на постоялом дворе... Он в комнатке, я при лошадях... Хозяева, муж и жена, народ как будто хороший, ласковый, работники тоже словно бы ничего, а только, братцы, не могу спать, чует мое сердце! Чует, да и шабаш. И ворота отпертые, и народу кругом много, а всё как будто страшно, не по себе. Все давно позаснули, уж совсем ночь, скоро вставать надо, а я один только лежу у себя в кибитке и глаз не смыкаю, словно сыч какой. Только, братцы, это самое, слышу: туп! туп! туп! Кто-то к кибитке крадется. Высовываю голову, гляжу — стоит баба в одной рубахе, босая... — «Что тебе, говорю, бабочка?» А она вся трясется, это самое, лица на ей нет... — «Вставай, говорит, добрый человек! Беда... Хозяева лихо задумали... Хотят твоего купца порешить. Сама, говорит, слыхала, как хозяин с хозяйкой шептались...» Ну, недаром сердце болело! — «Кто же ты сама?» — спрашиваю. — «А я, говорит, ихняя стряпуха...» Ладно... Вылез я из кибитки и пошел к купцу. Разбудил его и говорю: «Так и так, говорю, Петр Григорьич, дело не совсем чисто... Успеешь, ваше степенство, выспаться, а теперь, пока есть время, одевайся, говорю, да подобру-здорову подальше от греха...» Только что он стал одеваться, как дверь отворилась, и здравствуйте... гляжу — мать царица! — входят к нам в комнатку хозяин с хозяйкой и три работника... Значит, и работников подговорили... Денег у купца много, так вот, мол, поделим... У всех у пятерых в руках по ножику длинному... По ножику-то... Запер хозяин на замок двери и говорит: «Молитесь, проезжие, богу... А ежели, говорит, кричать станете, то и помолиться не дадим перед смертью...» Где уж тут кричать? У нас от страху и глотку завалило, не до крику тут... Купец заплакал и говорит: «Православные! Вы, говорит, порешили меня убить, потому на мои деньги польстились. Так тому и быть, не я первый, не я последний; много уж нашего брата-купца на постоялых дворах перерезано. Но за что же, говорит, братцы православные, моего извозчика убивать? Какая ему надобность за мои деньги муки принимать?» И так это жалостно говорит! А хозяин ему: «Ежели, говорит, мы его в живых оставим, так он первый на нас доказчик. Всё равно, говорит, что одного убить, что двух. Семь бед, один ответ... Молитесь богу, вот и всё тут, а разговаривать нечего!» Стали мы с купцом рядышком на коленки, заплакали и давай бога молить. Он деток своих вспоминает, я в ту пору еще молодой был, жить хотел... Глядим на образа, молимся, да так жалостно, что и теперь слеза бьет... А хозяйка, баба-то, глядит на нас и говорит: «Вы же, говорит, добрые люди, не поминайте нас на том свете лихом и не молите бога на нашу голову, потому мы это от нужды». Молились мы, молились, плакали, плакали, а бог-то нас и услышал. Сжалился, значит... В самый раз, когда хозяин купца за бороду взял, чтоб, значит, ножиком его по шее полоснуть, вдруг кто-то ка-ак стукнет со двора по окошку! Все мы так и присели, а у хозяина руки опустились... Постучал кто-то по окошку да как закричит: «Петр Григорьич, кричит, ты здесь? Собирайся, поедем!» Видят хозяева, что за купцом приехали, испужались и давай бог ноги... А мы скорей на двор, запрягли и — только нас и видели...

— Кто же это в окошко стучал? — спросил Дымов.

— В окошко-то? Должно, угодник божий или ангел. Потому акромя некому... Когда мы выехали со двора, на улице ни одного человека не было... Божье дело!

Пантелей рассказал еще кое-что, и во всех его рассказах одинаково играли роль «длинные ножики» и одинаково чувствовался вымысел. Слышал ли он эти рассказы от кого-нибудь другого, или сам сочинил их в далеком прошлом и потом, когда память ослабела, перемешал пережитое с вымыслом и перестал уметь отличать одно от другого? Всё может быть, но странно одно, что теперь и во всю дорогу он, когда приходилось рассказывать, отдавал явное предпочтение вымыслам и никогда не говорил о том,

116

что было пережито. Теперь Егорушка всё принимал за чистую монету и верил каждому слову, впоследствии же ему казалось странным, что человек, изъездивший на своем веку всю Россию, видевший и знавший многое, человек, у которого сгорели жена и дети, обесценивал свою богатую жизнь до того, что всякий раз, сидя у костра, или молчал, или же говорил о том, чего не было.

За кашей все молчали и думали о только что слышанном. Жизнь страшна и чудесна, а потому какой страшный рассказ ни расскажи на Руси, как ни украшай его разбойничьими гнездами, длинными ножиками и чудесами, он всегда отзовется в душе слушателя былью, и разве только человек, сильно искусившийся на грамоте, недоверчиво покосится, да и то смолчит. Крест у дороги, темные тюки, простор и судьба людей, собравшихся у костра, — всё это само по себе было так чудесно и страшно, что фантастичность небылицы или сказки бледнела и сливалась с жизнью.

Все ели из котла, Пантелей же сидел в стороне особняком и ел кашу из деревянной чашечки. Ложка у него была не такая, как у всех, а кипарисовая и с крестиком. Егорушка, глядя на него, вспомнил о лампадном стаканчике и спросил тихо у Степки:

— Зачем это дед особо сидит?

— Он старой веры, — ответили шёпотом Стёпка и Вася, и при этом они так глядели, как будто говорили о слабости или тайном пороке.

Все молчали и думали. После страшных рассказов не хотелось уж говорить о том, что обыкновенно. Вдруг среди тишины Вася выпрямился и, устремив свои тусклые глаза в одну точку, навострил уши.

— Что такое? — спросил его Дымов.

— Человек какой-то идет, — ответил Вася.

— Где ты его видишь?

— Во-он он! Чуть-чуть белеется...

Там, куда смотрел Вася, не было видно ничего, кроме потемок; все прислушались, но шагов не было слышно.

— По шляху он идет? — спросил Дымов.

— Не, полем... Сюда идет.

Прошла минута в молчании.

— А может, это по степи гуляет купец, что тут похоронен, — сказал Дымов.

Все покосились на крест, переглянулись и вдруг засмеялись; стало стыдно за свой страх.

— Зачем ему гулять? — сказал Пантелей. — Это только те по ночам ходят, кого земля не принимает. А купцы ничего... Купцы мученический венец приняли...

Но вот послышались шаги. Кто-то торопливо шел.

— Что-то несет, — сказал Вася.

Стало слышно, как под ногами шедшего шуршала трава и потрескивал бурьян, но за светом костра никого не было видно. Наконец раздались шаги вблизи, кто-то кашлянул; мигавший свет точно расступился, с глаз спала завеса и подводчики вдруг увидели перед собой человека.

Огонь ли так мелькнул, или оттого, что всем хотелось разглядеть прежде всего лицо этого человека, но только странно так вышло, что все при первом взгляде на него увидели прежде всего не лицо, не одежду, а улыбку. Это была улыбка необыкновенно добрая, широкая и мягкая, как у разбуженного ребенка, одна из тех заразительных улыбок, на которые трудно не ответить тоже улыбкой. Незнакомец, когда его разглядели, оказался человеком лет тридцати, некрасивым собой и ничем не замечательным. Это был высокий хохол, длинноносый, длиннорукий и длинноногий; вообще всё у него казалось длинным и только одна шея была так коротка, что делала его сутуловатым. Одет он был в чистую белую рубаху с шитым воротом, в белые шаровары и новые сапоги и в сравнении с подводчиками казался щеголем. В руках он держал что-то большое, белое и на первый взгляд странное, а из-за его плеча выглядывало дуло ружья, тоже длинное.

Попав из потемок в световой круг, он остановился, как вкопанный, и с полминуты глядел на подводчиков так, как будто хотел сказать: «Поглядите, какая у меня улыбка!» Потом он шагнул к костру, улыбнулся еще светлее и сказал:

— Хлеб да соль, братцы!

— Милости просим! — отвечал за всех Пантелей.

Незнакомец положил около костра то, что держал в руках — это была убитая дрохва, — и еще раз поздоровался.

Все подошли к дрохве и стали осматривать ее.

— Важная птица! Чем это ты ее? — спросил Дымов.

— Картечью... Дробью не достанешь, не подпустит... Купите, братцы! Я б вам за двугривенный отдал.

— А на что она нам? Она жареная годится, а вареная, небось, жесткая — не укусишь...

— Эх, досада! Ее бы к господам в экономию снесть, те бы полтинник дали, да далече — пятнадцать верст!

Неизвестный сел, снял ружье и положил его возле себя. Он казался сонным, томным, улыбался, щурился от огня и, по-видимому, думал о чем-то очень приятном. Ему дали ложку. Он стал есть.

— Ты кто сам? — спросил его Дымов.

Незнакомец не слышал вопроса; он не ответил и даже не взглянул на Дымова. Вероятно, этот улыбающийся человек не чувствовал и вкуса каши, потому что жевал как-то машинально, лениво, поднося ко рту ложку то очень полную, то совсем пустую. Пьян он не был, но в голове его бродило что-то шальное.

— Я тебя спрашиваю: ты кто? — повторил Дымов.

— Я-то? — встрепенулся неизвестный. — Константин Звоных, из Ровного. Отсюда версты четыре.

И, желая на первых же порах показать, что он не такой мужик, как все, а получше, Константин поспешил добавить:

— Мы пасеку держим и свиней кормим.

— При отце живешь, али сам?

— Нет, теперь сам живу. Отделился. В этом месяце после Петрова дня оженился. Женатый теперь!.. Нынче восемнадцатый день, как обзаконился.

— Хорошее дело! — сказал Пантелей. — Жена ничего... Это бог благословил...

— Молодая баба дома спит, а он по степу шатается, — засмеялся Кирюха. — Чудак!

Константин, точно его ущипнули за самое живое место, встрепенулся, засмеялся, вспыхнул...

— Да господи, нету ее дома! — сказал он, быстро вынимая изо рта ложку и оглядывая всех радостно и удивленно. — Нету! Поехала к матери на два дня! Ей-богу, она поехала, а я как неженатый...

Константин махнул рукой и покрутил головою; он хотел продолжать думать, но радость, которою светилось лицо его, мешала ему. Он, точно ему неудобно было сидеть, принял другую позу, засмеялся и опять махнул рукой. Совестно было выдавать чужим людям свои приятные мысли, но в то же время неудержимо хотелось поделиться радостью.

— Поехала в Демидове к матери! — сказал он, краснея и перекладывая на другое место ружье. — Завтра вернется... Сказала, что к обеду назад будет.

— А тебе скучно? — спросил Дымов.

— Да господи, а то как же? Без году неделя, как оженился, а она уехала... А? У, да бедовая, накажи меня бог! Там такая хорошая да славная, такая хохотунья да певунья, что просто чистый порох! При ней голова ходором ходит, а без нее вот словно потерял что, как дурак по степу хожу. С самого обеда хожу, хоть караул кричи.

Константин протер глаза, посмотрел на огонь и засмеялся.

— Любишь, значит... — сказал Пантелей.

— Там такая хорошая да славная, — повторил Константин, не слушая, — такая хозяйка, умная да разумная, что другой такой из простого звания во всей губернии не сыскать. Уехала... А ведь скучает, я зна-аю! Знаю, сороку! Сказала, что завтра к обеду вернется... А ведь какая история! — почти крикнул Константин, вдруг беря тоном выше и меняя позу, — теперь любит и скучает, а ведь не хотела за меня выходить!

— Да ты ешь! — сказал Кирюха.

— Не хотела за меня выходить! — продолжал Константин, не слушая. — Три года с ней бился! Увидал я ее на ярмарке в Калачике, полюбил до смерти, хоть на шибеницу полезай... Я в Ровном, она в Демидовом, друг от дружки за двадцать пять верст, и нет никакой моей возможности. Засылаю к ней сватов, а она: не хочу! Ах ты, сорока! Уж я ее и так, и этак, и сережки, и пряников, и меду полпуда — не хочу! Вот тут и поди. Оно, ежели рассудить, то какая я ей пара? Она молодая, красивая, с порохом, а я старый, скоро тридцать годов будет, да и красив очень: борода окладистая — гвоздем, лицо чистое — всё в шишках. Где ж мне с ней равняться! Разве вот только что богато живем, да ведь и они, Вахраменки, хорошо живут. Три пары волов и двух работников держат. Полюбил, братцы, и очумел... Не сплю, не ем, в голове мысли и такой дурман, что не приведи господи! Хочется ее повидать, а она в Демидове... И что ж вы думаете? Накажи меня бог, не брешу, раза три на неделе туда пешком ходил, чтобы на нее поглядеть. Дело бросил! Такое затмение нашло, что даже в работники в Демидове хотел наниматься, чтоб, значит, к ней поближе. Замучился! Мать знахарку звала, отец раз десять бить принимался. Ну, три года промаялся и уж так порешил: будь ты трижды анафема, пойду в город и в извозчики... Значит, не судьба! На Святой пошел я в Демидово в последний разочек на нее поглядеть...

Константин откинул назад голову и закатился таким мелким, веселым смехом, как будто только что очень хитро надул кого-то.

— Гляжу, она с парубка́ми около речки, — продолжал он. — Взяло меня зло... Отозвал я ее в сторонку и, может, с целый час ей разные слова... Полюбила! Три года не любила, а за слова полюбила!

— А какие слова? — спросил Дымов.

— Слова? И не помню... Нешто вспомнишь? Тогда, как вода из желоба, без передышки: та-та-та-та! А теперь ни одного такого слова не выговорю... Ну, и пошла за меня... Поехала теперь, сорока, к матери, а я вот без нее по степу. Не могу дома сидеть. Нет моей мочи!

Константин неуклюже высвободил из-под себя ноги, растянулся на земле и подпер голову кулаками, потом поднялся и опять сел. Все теперь отлично понимали, что это был влюбленный и счастливый человек, счастливый до тоски; его улыбка, глаза и каждое движение выражали томительное счастье. Он не находил себе места и не знал, какую принять позу и что делать, чтобы не изнемогать от изобилия приятных мыслей. Излив перед чужими людьми свою душу, он, наконец, уселся покойно и, глядя на огонь, задумался.

При виде счастливого человека всем стало скучно и захотелось тоже счастья. Все задумались. Дымов поднялся, тихо прошелся около костра и, по походке, по движению его лопаток, видно было, что он томился и скучал. Он постоял, поглядел на Константина и сел.

А костер уже потухал. Свет уже не мелькал и красное пятно

сузилось, потускнело... И чем скорее догорал огонь, тем виднее становилась лунная ночь. Теперь уж видно было дорогу во всю ее ширь, тюки, оглобли, жевавших лошадей; на той стороне неясно вырисовывался другой крест...

Дымов подпер щеку рукой и тихо запел какую-то жалостную песню. Константин сонно улыбнулся и подтянул ему тонким голоском. Попели они с полминуты и затихли... Емельян встрепенулся, задвигал локтями и зашевелил пальцами.

— Братцы, — сказал он умоляюще. — Давайте споем что-нибудь божественное!

Слезы выступили у него на глазах.

— Братцы! — повторил он, прижимая руку к сердцу. — Давайте споем что-нибудь божественное!

— Я не умею, — сказал Константин.

Все отказались; тогда Емельян запел сам. Он замахал обеими руками, закивал головой, открыл рот, но из горла его вырвалось одно только сиплое, беззвучное дыхание. Он пел руками, головой, глазами и даже шишкой, пел страстно и с болью, и чем сильнее напрягал грудь, чтобы вырвать из нее хоть одну ноту, тем беззвучнее становилось его дыхание...

Егорушкой тоже, как и всеми, овладела скука. Он пошел к своему возу, взобрался на тюк и лег. Глядел он на небо и думал о счастливом Константине и его жене. Зачем люди женятся? К чему на этом свете женщины? Егорушка задавал себе неясные вопросы и думал, что мужчине, наверное, хорошо, если возле него постоянно живет ласковая, веселая и красивая женщина. Пришла ему почему-то на память графиня Драницкая, и он подумал, что с такой женщиной, вероятно, очень приятно жить; он, пожалуй, с удовольствием женился бы на ней, если бы это не было так совестно. Он вспомнил ее брови, зрачки, коляску, часы со всадником... Тихая, теплая ночь спускалась на него и шептала ему что-то на ухо, а ему казалось, что это та красивая женщина склоняется к нему, с улыбкой глядит на него и хочет поцеловать...

От костра осталось только два маленьких красных глаза, становившихся всё меньше и меньше. Подводчики и Константин сидели около них, темные, неподвижные, и казалось, что их теперь было гораздо больше, чем раньше. Оба креста одинаково были видны, и далеко-далеко, где-то на большой дороге, светился красный огонек — тоже, вероятно, кто-нибудь варил кашу.

«Наша матушка Расия всему свету га-ла-ва!» — запел вдруг диким голосом Кирюха, поперхнулся и умолк. Степное эхо подхватило его голос, понесло, и, казалось, по степи на тяжелых колесах покатила сама глупость.

— Время ехать! — сказал Пантелей. — Вставай, ребята.

Пока запрягали, Константин ходил около подводи восхищался своей женой.

— Прощайте, братцы! — крикнул он, когда обоз тронулся. — Спасибо вам за хлеб за соль! А я опять пойду на огонь. Нет моей мочи!

И он скоро исчез во мгле, и долго было слышно, как он шагал туда, где светился огонек, чтобы поведать чужим людям о своем счастье.

Когда на другой день проснулся Егорушка, было раннее утро; солнце еще не всходило. Обоз стоял. Какой-то человек в белой фуражке и в костюме из дешевой серой материи, сидя на казачьем жеребчике, у самого переднего воза, разговаривал о чем-то с Дымовым и Кирюхой. Впереди, версты за две от обоза, белели длинные, невысокие амбары и домики с черепичными крышами; около домиков не было видно ни дворов, ни деревьев.

— Дед, какая это деревня? — спросил Егорушка.

— Это, молодчик, армянские хутора, — отвечал Пантелей. — Тут армяшки живут. Народ ничего... армяшки-то.

Человек в сером кончил разговаривать с Дымовым и Кирюхой, осадил своего жеребчика и поглядел на хутора.

— Экие дела, подумаешь! — вздохнул Пантелей, тоже глядя на хутора и пожимаясь от утренней свежести. — Послал он человека на хутор за какой-то бумагой, а тот не едет... Степку послать бы!

— Дед, а кто это? — спросил Егорушка.

— Варламов.

Боже мой! Егорушка быстро вскочил, стал на колени и поглядел на белую фуражку. В малорослом сером человечке, обутом в большие сапоги, сидящем на некрасивой лошаденке и разговаривающем с мужиками в такое время, когда все порядочные люди спят, трудно было узнать таинственного, неуловимого

Варламова, которого все ищут, который всегда «кружится» и имеет денег гораздо больше, чем графиня Драницкая.

— Ничего, хороший человек... — говорил Пантелей, глядя на хутора. — Дай бог здоровья, славный господин... Варламов-то, Семен Александрыч... На таких людях, брат, земля держится. Это верно... Петухи еще не поют, а он уж на ногах... Другой бы спал или дома с гостями тары-бары-растабары, а он целый день по степу... Кружится... Этот уж не упустит дела... Не-ет! Это молодчина...

Варламов не отрывал глаз от хутора и о чем-то говорил; жеребчик нетерпеливо переминался с ноги на ногу.

— Семен Александрыч, — крикнул Пантелей, снимая шляпу, — дозвольте Степку послать! Емельян, крикни, чтоб Степку послать!

Но вот, наконец, от хутора отделился верховой. Сильно накренившись набок и помахивая выше головы нагайкой, точно джигитуя и желая удивить всех своей смелой ездой, он с быстротою птицы полетел к обозу.

— Это, должно, его объездчик, — сказал Пантелей. — У него их, объездчиков-то, человек, может, сто, а то и больше.

Поравнявшись с передним возом, верховой осадил лошадь и, снявши шапку, подал Варламову какую-то книжку. Варламов вынул из книжки несколько бумажек, прочел их и крикнул:

— А где же записка Иванчука?

Верховой взял назад книжку, оглядел бумажки и пожал плечами; он стал говорить о чем-то, вероятно, оправдывался и просил позволения съездить еще раз на хутора. Жеребчик вдруг задвигался так, как будто Варламов стал тяжелее. Варламов тоже задвигался.

— Пошел вон! — крикнул он сердито и замахнулся на верхового нагайкой.

Потом он повернул лошадь назад и, рассматривая в книжке бумаги, поехал шагом вдоль обоза. Когда он подъезжал к заднему возу, Егорушка напряг свое зрение, чтобы получше рассмотреть его. Варламов был уже стар. Лицо его с небольшой седой бородкой, простое, русское, загорелое лицо, было красно, мокро от росы и покрыто синими жилочками; оно выражало такую же деловую сухость, как лицо Ивана Иваныча, тот же деловой фанатизм. Но все-таки какая разница чувствовалась между ни ми Иваном Иванычем! У дяди Кузьмичова рядом с деловою сухостью всегда были на лице забота и страх, что он не найдет Варламова, опоздает, пропустит хорошую цену; ничего подобного, свойственного людям маленьким и зависимым, не было заметно ни на лице, ни в фигуре Варламова. Этот человек сам создавал цены, никого не искал и ни от кого не зависел; как ни заурядна была его наружность, но во всем, даже в манере держать нагайку, чувствовалось сознание силы и привычной власти над степью.

Проезжая мимо Егорушки, он не взглянул на него; один только жеребчик удостоил Егорушку своим вниманием и поглядел на него большими, глупыми глазами, да и то равнодушно. Пантелей поклонился Варламову; тот заметил это и, не отрывая глаз от бумажек, сказал картавя:

— Здгаствуй, стагик!

Беседа Варламова с верховым и взмах нагайкой, по-видимому, произвели на весь обоз удручающее впечатление. У всех были серьезные лица. Верховой, обескураженный гневом сильного человека, без шапки, опустив поводья, стоял у переднего воза, молчал и как будто не верил, что для него так худо начался день.

— Крутой старик... — бормотал Пантелей. — Беда, какой крутой! А ничего, хороший человек... Не обидит задаром... Ничего...

Осмотрев бумаги, Варламов сунул книжку в карман; жеребчик, точно поняв его мысли, не дожидаясь приказа, вздрогнул и понесся по большой дороге.

VII

И в следующую затем ночь подводчики делали привал и варили кашу. На этот раз с самого начала во всем чувствовалась какая-то неопределенная тоска. Было душно; все много пили и никак не могли утолить жажду. Луна взошла сильно багровая и хмурая, точно больная; звезды тоже хмурились, мгла была гуще, даль мутнев. Природа как будто что-то предчувствовала и томилась.

У костра уж не было вчерашнего оживления и разговоров. Все скучали и говорили вяло и нехотя. Пантелей только вздыхал, жаловался на ноги и то и дело заводил речь о наглой смерти.

Дымов лежал на животе, молчал и жевал соломинку; выражение лица у него было брезгливое, точно от соломинки дурно пахло, злое и утомленное... Вася жаловался, что у него ломит челюсть, и пророчил непогоду; Емельян не махал руками, а сидел неподвижно и угрюмо глядел на огонь. Томился и Егорушка. Езда шагом утомила его, а от дневного зноя у него болела голова.

Когда сварилась каша, Дымов от скуки стал придираться к товарищам.

— Расселся, шишка, и первый лезет с ложкой! — сказал он, глядя со злобой на Емельяна. — Жадность! Так и норовит первый за котел сесть. Певчим был, так уж он думает — барин! Много вас таких певчих по большому шляху милостыню просит!

— Да ты что пристал? — спросил Емельян, глядя на него тоже со злобой.

— А то, что не суйся первый к котлу. Не понимай о себе много!

— Дурак, вот и всё, — просипел Емельян.

Зная по опыту, чем чаще всего оканчиваются подобные разговоры, Пантелей и Бася вмешались и стали убеждать Дымова не браниться попусту.

— Певчий... — не унимался озорник, презрительно усмехаясь. — Этак всякий может петь. Сиди себе в церкви на паперти да и пой: «Подайте милостыньки Христа ради!» Эх, вы!

Емельян промолчал. На Дымова его молчание подействовало раздражающим образом. Он еще с большей ненавистью поглядел на бывшего певчего и сказал:

— Не хочется только связываться, а то б я б тебе показал, как об себе понимать!

— Да что ты ко мне пристал, мазепа? — вспыхнул Емельян. — Я тебя трогаю?

— Как ты меня обозвал? — спросил Дымов, выпрямляясь, и глаза его налились кровью. — Как? Я мазепа? Да? Так вот же тебе! Ступай ищи!

Дымов выхватил из рук Емельяна ложку и швырнул ее далеко в сторону. Кирюха, Вася и Степка вскочили и побежали искать ее, а

Емельян умоляюще и вопросительно уставился на Пантелея. Лицо его вдруг стало маленьким, поморщилось, заморгало, и бывший певчий заплакал, как ребенок.

Егорушка, давно уже ненавидевший Дымова, почувствовал, как в воздухе вдруг стало невыносимо душно, как огонь от костра горячо жег лицо; ему захотелось скорее бежать к обозу в потемки, но злые, скучающие глаза озорника тянули его к себе. Страстно желая сказать что-нибудь в высшей степени обидное, он шагнул к Дымову и проговорил, задыхаясь:

— Ты хуже всех! Я тебя терпеть не могу!

После этого надо было бы бежать к обозу, а он никак не мог сдвинуться с места и продолжал:

— На том свете ты будешь гореть в аду! Я Ивану Иванычу пожалуюсь! Ты не смеешь обижать Емельяна!

— Тоже, скажи пожалуйста! — усмехнулся Дымов. — Свиненок всякий, еще на губах молоко не обсохло, в указчики лезет. А ежели за ухо?

Егорушка почувствовал, что дышать уже нечем; он — никогда с ним этого не было раньше — вдруг затрясся всем телом, затопал ногам и закричал пронзительно:

— Бейте его! Бейте его!

Слезы брызнули у него из глаз; ему стало стыдно, и он, пошатываясь, побежал к обозу. Какое впечатление произвел его крик, он не видел. Лежа на тюке и плача, он дергал руками и ногами, и шептал:

— Мама! Мама!

И эти люди, и тени вокруг костра, и темные тюки, и далекая молния, каждую минуту сверкавшая вдали, — всё теперь представлялось ему нелюдимым и страшным. Он ужасался и в отчаянии спрашивал себя, как это и зачем попал он в неизвестную землю, в компанию страшных мужиков? Где теперь дядя, о. Христофор и Дениска? Отчего они так долго не едут? Не забыли ли они о нем? От мысли, что он забыт и брошен на произвол судьбы, ему становилось холодно и так жутко, что он несколько раз порывался спрыгнуть с тюка и опрометью, без оглядки побежать назад по дороге, но воспоминание о темных, угрюмых крестах, которые непременно встретятся ему на пути, и сверкавшая вдали молния останавливали его... И только когда он шептал: «мама! мама!» ему становилось как будто легче...

Должно быть, и подводчикам было жутко. После того, как Егорушка убежал от костра, они сначала долго молчали, потом вполголоса и глухо заговорили о чем-то, что оно идет и что поскорее нужно собираться и уходить от него... Они скоро поужинали, потушили огонь и молча стали запрягать. По их суете и отрывистым фразам было заметно, что они предвидели какое-то несчастье.

Перед тем, как трогаться в путь, Дымов подошел к Пантелею и спросил тихо:

— Как его звать?

— Егорий... — ответил Пантелей.

Дымов стал одной ногой на колесо, взялся за веревку, которой был перевязан тюк, и поднялся. Егорушка увидел его лицо и кудрявую голову. Лицо было бледно, утомлено и серьезно, но уже не выражало злобы.

— Ёра! — сказал он тихо. — На, бей!

Егорушка с удивлением посмотрел на него; в это время сверкнула молния.

— Ничего, бей! — повторил Дымов.

И, не дожидаясь, когда Егорушка будет бить его или говорить с ним, он спрыгнул вниз и сказал:

— Скушно мне!

Потом, переваливаясь с ноги на ногу, двигая лопатками, он лениво поплелся вдоль обоза и не то плачущим, не то досадующим голосом повторил:

— Скушно мне! Господи! А ты не обижайся, Емеля, — сказал он, проходя мимо Емельяна. — Жизнь наша пропащая, лютая!

Направо сверкнула молния и, точно отразившись в зеркале, она тотчас же сверкнула вдали.

— Егорий, возьми! — крикнул Пантелей, подавая снизу что-то большое и темное.

— Что это? — спросил Егорушка.

— Рогожка! Будет дождик, так вот покроешься.

Егорушка приподнялся и посмотрел вокруг себя. Даль заметно почернела и уж чаще, чем каждую минуту, мигала бледным светом, как веками. Чернота ее, точно от тяжести, склонялась вправо.

— Дед, гроза будет? — спросил Егорушка.

— Ах, ножки мои больные, стуженые! — говорил нараспев Пантелей, не слыша его и притопывая ногами.

Налево, как будто кто чиркнул по небу спичкой, мелькнула бледная, фосфорическая полоска и потухла. Послышалось, как где-то очень далеко кто-то прошелся по железной крыше. Вероятно, по крыше шли босиком, потому что железо проворчало глухо.

— А он обложной! — крикнул Кирюха.

Между далью и правым горизонтом мигнула молния и так ярко, что осветила часть степи и место, где ясное небо граничило с чернотой. Страшная туча надвигалась не спеша, сплошной массой; на ее краю висели большие, черные лохмотья; точно такие же лохмотья, давя друг друга, громоздились на правом и на левом горизонте. Этот оборванный, разлохмаченный вид тучи придавал ей какое-то пьяное, озорническое выражение. Явственно и не глухо проворчал гром. Егорушка перекрестился и стал быстро надевать пальто.

— Скучно мне! — донесся с передних возов крик Дымова, и по голосу его можно было судить, что он уж опять начинал злиться. — Скушно!

Вдруг рванул ветер и с такой силой, что едва не выхватил у Егорушки узелок и рогожу; встрепенувшись, рогожа рванулась во все стороны и захлопала по тюку и по лицу Егорушки. Ветер со свистом понесся по степи, беспорядочно закружился и поднял с травою такой шум, что из-за него не было слышно ни грома, ни скрипа колес. Он дул с черной тучи, неся с собой облака пыли и запах дождя и мокрой земли. Лунный свет затуманился, стал как будто грязнее, звезды еще больше нахмурились, и видно было, как по краю дороги спешили куда-то назад облака пыли и их тени. Теперь, по всей вероятности, вихри, кружась и увлекая с земли пыль, сухую траву и перья, поднимались под самое небо; вероятно, около самой черной тучи летали перекати-поле, и как, должно быть, им было страшно! Но сквозь пыль, залеплявшую глаза, не было видно ничего, кроме блеска молний.

Егорушка, думая, что сию минуту польет дождь, стал на колени и укрылся рогожей.

— Пантелле-ей! — крикнул кто-то впереди. — А... а...ва!

— Не слыха-ать! — ответил громко и нараспев Пантелей.

— А...а...ва! Аря...а!

Загремел сердито гром, покатился по небу справа налево, потом назад и замер около передних подвод.

— Свят, свят, свят, господь Саваоф, — прошептал Егорушка, крестясь, — исполнь небо и земля славы твоея...

Чернота на небе раскрыла рот и дыхнула белым огнем; тотчас же опять загремел гром; едва он умолк, как молния блеснула так широко, что Егорушка сквозь щели рогожи увидел вдруг всю большую дорогу до самой дали, всех подводчиков и даже Кирюхину жилетку. Черные лохмотья слева уже поднимались кверху и одно из них, грубое, неуклюжее, похожее на лапу с пальцами, тянулось к луне. Егорушка решил закрыть крепко глаза, не обращать внимания и ждать, когда всё кончится.

Дождь почему-то долго не начинался. Егорушка, надежде, что туча, быть может, уходит мимо, выглянув из рогожи. Было страшно темно. Егорушка не увидел ни Пантелея, ни тюка, ни себя; покосился он туда, где была недавно луна, но там чернела такая же тьма, как и на возу. А молнии в потемках казались белее и ослепительнее, так что глазам было больно.

— Пантелей! — позвал Егорушка.

Ответа не последовало. Но вот, наконец, ветер в последний раз рванул рогожу и убежал куда-то. Послышался ровный, спокойный шум. Большая холодная капля упала на колено Егорушки, другая поползла по руке. Он заметил, что колени его не прикрыты, и хотел было поправить рогожу, но в это время что-то посыпалось и застучало по дороге, потом по оглоблям, по тюку. Это был дождь. Он и рогожа, как будто поняли друг друга, заговорили о чем-то быстро, весело и препротивно, как две сороки.

Егорушка стоял на коленях или, вернее, сидел на сапогах. Когда дождь застучал по рогоже, он подался туловищем вперед, чтобы заслонить собою колени, которые вдруг стали мокры; колени удалось прикрыть, но зато меньше чем через минуту резкая, неприятная сырость почувствовалась сзади, ниже спины и на икрах. Он принял прежнюю позу, выставил колени под дождь и стал думать, что делать, как поправить в потемках невидимую рогожу. Но руки его были уже мокры, в рукава и за воротник текла вода, лопатки зябли. И он решил ничего не делать, а сидеть неподвижно и ждать, когда всё кончится.

— Свят, свят, свят... — шептал он.

Вдруг над самой головой его с страшным, оглушительным треском разломалось небо; он нагнулся и притаил дыхание, ожидая, когда на его затылок и спину посыплются обломки. Глаза его нечаянно открылись, и он увидел, как на его пальцах, мокрых рукавах и струйках, бежавших с рогожи, на тюке и внизу на земле вспыхнул и раз пять мигнул ослепительно едкий свет. Раздался новый удар, такой же сильный и ужасный. Небо уже не гремело, не грохотало, а издавало сухие, трескучие, похожие на треск сухого дерева, звуки.

«Тррах! тах, тах! тах!» — явственно отчеканивал гром, катился по небу, спотыкался и где-нибудь у передних возов или далеко сзади сваливался со злобным, отрывистым — «трра!..»

Раньше молнии были только страшны, при таком же громе они представлялись зловещими. Их колдовской свет проникал сквозь закрытые веки и холодом разливался по всему телу. Что сделать, чтобы не видеть их? Егорушка решил обернуться лицом назад. Осторожно, как будто бы боясь, что за ним наблюдают, он стал на четвереньки и, скользя ладонями по мокрому тюку, повернулся назад.

«Трах! тах! тах!» — понеслось над его головой, упало под воз и разорвалось — «Ррра!»

Глаза опять нечаянно открылись, и Егорушка увидел новую опасность: за возом шли три громадных великана с длинными пиками. Молния блеснула на остриях их пик и очень явственно осветила их фигуры. То были люди громадных размеров, с закрытыми лицами, поникшими головами и с тяжелою поступью. Они казались печальными и унылыми, погруженными в раздумье. Быть может, шли они за обозом не для того, чтобы причинить вред, но все-таки в их близости было что-то ужасное.

Егорушка быстро обернулся вперед и, дрожа всем телом, закричал:

— Пантелей! Дед!

«Трах! тах! тах!» — ответило ему небо.

Он открыл глаза, чтобы поглядеть, тут ли подводчики. Молния

сверкнула в двух местах и осветила дорогу до самой дали, весь обоз и всех подводчиков. По дороге текли ручейки и прыгали пузыри. Пантелей шагал около воза, его высокая шляпа и плечи были покрыты небольшой рогожей; фигура не выражала ни страха, ни беспокойства, как будто он оглох от грома и ослеп от молнии.

— Дед, великаны! — крикнул ему Егорушка, плача.

Но дед не слышал. Далее шел Емельян. Этот был покрыт большой рогожей с головы до ног и имел теперь форму треугольника. Вася, ничем не покрытый, шагал так же деревянно, как всегда, высоко поднимая ноги и не сгибая колен. При блеске молнии казалось, что обоз не двигался и подводчики застыли, что у Васи онемела поднятая нога...

Егорушка еще позвал деда. Не добившись ответа, он сел неподвижно и уж не ждал, когда всё кончится. Он был уверен, что сию минуту его убьет гром, что глаза нечаянно откроются и он увидит страшных великанов. И он уж не крестился, не звал деда, не думал о матери и только коченел от холода и уверенности, что гроза никогда не кончится.

Но вдруг послышались голоса.

— Георгий, да ты спишь, что ли? — крикнул внизу Пантелей. — Слезай! Оглох, дурачок!..

— Вот так гроза! — сказал какой-то незнакомый бас и крякнул так, как будто выпил хороший стакан водки.

Егорушка открыл глаза. Внизу около воза стояли Пантелей, треугольник-Емельян и великаны. Последние были теперь много ниже ростом и, когда вгляделся в них Егорушка, оказались обыкновенными мужиками, державшими на плечах не пики, а железные вилы. В промежутке между Пантелеем и треугольником светилось окно невысокой избы. Значит, обоз стоял в деревне. Егорушка сбросил с себя рогожу, взял узелок и поспешил с воза. Теперь, когда вблизи говорили люди и светилось окно, ему уж не было страшно, хотя гром трещал по-прежнему и молния полосовала всё небо.

— Гроза хорошая, ничего... — бормотал Пантелей. — Слава богу... Ножки маленько промякли от дождичка, оно и ничего... Слез, Георгий? Ну, иди в избу... Ничего...

— Свят, свят, свят... — просипел Емельян. — Беспременно где-нибудь ударило... Вы тутошние? — спросил он великанов.

— Не, из Глинова... Мы глиновские. У господ Платеров работаем.

— Молотите, что ли?

— Разное. Покеда еще пшеницу убираем. А молонья-то, молонья! Давно такой грозы не было...

Егорушка вошел в избу. Его встретила тощая, горбатая старуха, с острым подбородком. Она держала в руках сальную свечку, щурилась и протяжно вздыхала.

— Грозу-то какую бог послал! — говорила она. — А наши в степу ночуют, то-то натерпятся сердешные! Раздевайся, батюшка, раздевайся...

Дрожа от холода и брезгливо пожимаясь, Егорушка стащил с себя промокшее пальто, потом широко расставил руки и ноги и долго не двигался. Каждое малейшее движение вызывало в нем неприятное ощущение мокроты и холода. Рукава и спина на рубахе были мокры, брюки прилипли к ногам, с головы текло...

— Что ж, хлопчик, раскорякой-то стоять? — сказала старуха. — Иди, садись!

Расставя широко ноги, Егорушка подошел к столу и сел на скамью около чьей-то головы. Голова задвигалась, пустила носом струю воздуха, пожевала и успокоилась. От головы вдоль скамьи тянулся бугор, покрытый овчинным тулупом. Это спала какая-то баба.

Старуха, вздыхая, вышла и скоро вернулась с арбузом и дыней.

— Кушай, батюшка! Больше угощать нечем... — сказала она, зевая, затем порылась в столе и достала оттуда длинный, острый ножик, очень похожий на те ножи, какими на постоялых дворах разбойники режут купцов. — Кушай, батюшка!

Егорушка, дрожа как в лихорадке, съел ломоть дыни с черным хлебом, потом ломоть арбуза, и от этого ему стало еще холодней.

— Наши в степу ночуют... — вздыхала старуха, пока он ел. — Страсти господни... Свечечку бы перед образом засветить, да не знаю, куда Степанида девала. Кушай, батюшка, кушай...

Старуха зевнула и, закинув назад правую руку, почесала ею левое плечо.

— Должно, часа два теперь, — сказала она. — Скоро и вставать пора. Наши-то в степу ночуют... Небось, вымокли все...

— Бабушка, — сказал Егорушка, — я спать хочу.

— Ложись, батюшка, ложись... — вздохнула старуха, зевая. — Господи Иисусе Христе! Сама и сплю, и слышу, как будто кто стучит. Проснулась, гляжу, а это грозу бог послал... Свечечку бы засветить, да не нашла.

Разговаривая с собой, она сдернула со скамьи какое-то тряпье, вероятно, свою постель, сняла с гвоздя около печи два тулупа и стала постилать для Егорушки.

— Гроза-то не унимается, — бормотала она. — Как бы, неровен час, чего не спалило. Наши-то в степу ночуют... Ложись, батюшка, спи... Христос с тобой, внучек... Дыню-то я убирать не стану, может, вставши, покушаешь.

Вздохи и зеванье старухи, мерное дыхание спавшей бабы, сумерки избы и шум дождя за окном располагали ко сну. Егорушке было совестно раздеваться при старухе. Он снял только сапоги, лег и укрылся овчинным тулупом.

— Парнишка лег? — послышался через минуту шёпот Пантелея.

— Лег! — ответила шёпотом старуха. — Страсти-то, страсти господни! Гремит, гремит, и конца не слыхать...

— Сейчас пройдет... — прошипел Пантелей, садясь. — Потише стало... Ребята пошли по избам, а двое при лошадях остались... Ребята-то... Нельзя... Уведут лошадей... Вот посижу маленько и пойду на смену... Нельзя, уведут...

Пантелей и старуха сидели рядом у ног Егорушки и говорили шипящим шёпотом, прерывая свою речь вздохами и зевками. А Егорушка никак не мог согреться. На нем лежал теплый, тяжелый тулуп, но всё тело тряслось, руки и ноги сводило судорогами, внутренности дрожали... Он разделся под тулупом, но и это не помогло. Озноб становился всё сильней и сильней.

Пантелей ушел на смену и потом опять вернулся, а Егорушка всё еще не спал и дрожал всем телом. Что-то давило ему голову и грудь, угнетало его, и он не знал, что это: шёпот ли стариков или тяжелый запах овчины? От съеденных арбуза и дыни во рту был неприятный, металлический вкус. К тому же еще кусались блохи.

— Дед, мне холодно! — сказал он и не узнал своего голоса.

— Спи, внучек, спи... — вздохнула старуха.

Тит на тонких ножках подошел к постели и замахал руками, потом вырос до потолка и обратился в мельницу. О. Христофор, не такой, каким он сидел в бричке, а в полном облачении и с кропилом в руке, прошелся вокруг мельницы, покропил ее святой водой и она перестала махать. Егорушка, зная, что это бред, открыл глаза.

— Дед! — позвал он. — Дай воды!

Никто не отозвался. Егорушке стало невыносимо душно и неудобно лежать. Он встал, оделся и вышел из избы. Уже наступило утро. Небо было пасмурно, но дождя уже не было. Дрожа и кутаясь в мокрое пальто, Егорушка прошелся по грязному двору, прислушался к тишине; на глаза ему попался маленький хлевок с камышовой, наполовину открытой дверкой. Он заглянул в этот хлевок, вошел в него и сел в темном углу на кизяк.

В его тяжелой голове путались мысли, во рту было сухо и противно от металлического вкуса. Он оглядел свою шляпу, поправил на ней павлинье перо и вспомнил, как ходил с мамашей покупать эту шляпу. Сунул он руку в карман и достал оттуда комок бурой, липкой замазки. Как эта замазка попала ему в карман? Он подумал, понюхал: пахнет медом. Ага, это еврейский пряник! Как он, бедный, размок!

Егорушка оглядел свое пальто. А пальто у него было серенькое, с большими костяными пуговицами, сшитое на манер сюртука. Как новая и дорогая вещь, дома висело оно не в передней, а в спальной, рядом с мамашиными платьями; надевать его позволялось только по праздникам. Поглядев на него, Егорушка почувствовал к нему жалость, вспомнил, что он и пальто — оба брошены на произвол судьбы, что им уж больше не вернуться домой, и зарыдал так, что едва не свалился с кизяка.

Большая белая собака, смоченная дождем, с клочьями шерсти на морде, похожими на папильотки, вошла в хлев и с любопытством уставилась на Егорушку. Она, по-видимому, думала: залаять или нет? Решив, что лаять не нужно, она осторожно подошла к Егорушке, съела замазку и вышла.

— Это варламовские! — крикнул кто-то на улице.

Наплакавшись, Егорушка вышел из хлева и, обходя лужу, поплелся на улицу. Как раз перед воротами на дороге стояли возы.

Мокрые подводчики с грязными ногами, вялые и сонные, как осенние мухи, бродили возле или сидели на оглоблях. Егорушка поглядел на них и подумал: «Как скучно и неудобно быть мужиком!» Он подошел к Пантелею и сел с ним рядом на оглоблю.

— Дед, мне холодно! — сказал он, дрожа и засовывая руки в рукава.

— Ничего, скоро до места доедем, — зевнул Пантелей. — Оно ничего, согреешься.

Обоз тронулся с места рано, потому что было не жарко. Егорушка лежал на тюке и дрожал от холода, хотя солнце скоро показалось на небе и высушило его одежду, тюк и землю. Едва он закрыл глаза, как опять увидел Тита и мельницу. Чувствуя тошноту и тяжесть во всем теле, он напрягал силы, чтобы отогнать от себя эти образы, но едва они исчезали, как на Егорушку с ревом бросался озорник Дымов с красными глазами и с поднятыми кулаками или же слышалось, как он тосковал: «Скушно мне!» Проезжал на казачьем жеребчике Варламов, проходил со своей улыбкой и с дрохвой счастливый Константин. И как все эти люди были тяжелы, несносны и надоедливы!

Раз — это было уже перед вечером — он поднял голову, чтобы попросить пить. Обоз стоял на большом мосту, тянувшемся через широкую реку. Внизу над рекой темнел дым, а сквозь него виден был пароход, тащивший на буксире баржу. Впереди за рекой пестрела громадная гора, усеянная домами и церквами; у подножия горы около товарных вагонов бегал локомотив...

Раньше Егорушка не видел никогда ни пароходов, ни локомотивов, ни широких рек. Взглянув теперь на них, он не испугался, не удивился; на лице его не выразилось даже ничего похожего на любопытство. Он только почувствовал дурноту и поспешил лечь грудью на край тюка. Его стошнило. Пантелей, видевший это, крякнул и покрутил головой.

— Захворал наш парнишка! — сказал он. — Должно, живот застудил... парнишка-то... На чужой стороне... Плохо дело!

VIII

Обоз остановился недалеко от пристани в большом торговом

подворье. Слезая с воза, Егорушка услышал чей-то очень знакомый голос. Кто-то помогал ему слезать и говорил:

— А мы еще вчера вечером приехали... Целый день нынче вас ждали. Хотели вчерась нагнать вас, да не рука была, другой дорогой поехали. Эка, как ты свою пальтишку измял! Достанется тебе от дяденьки!

Егорушка вгляделся в мраморное лицо говорившего и вспомнил, что это Дениска.

— Дяденька и о. Христофор теперь в номере, — продолжал Дениска, — чай пьют. Пойдем!

И он повел Егорушку к большому двухэтажному корпусу, темному и хмурому, похожему на N—ское богоугодное заведение. Пройдя сени, темную лестницу и длинный, узкий коридор, Егорушка и Дениска вошли в маленький номерок, в котором, действительно, за чайным столом сидели Иван Иваныч и о. Христофор. Увидев мальчика, оба старика изобразили на лицах удивление и радость.

— А-а, Егор Никола-аич! — пропел о. Христофор. — Господин Ломоносов!

— А, господа дворяне! — сказал Кузьмичов. — Милости просим.

Егорушка снял пальто, поцеловал руку дяде и о. Христофору и сел за стол.

— Ну, как доехал, puer bone (добрый мальчик? (лат.)).? — засыпал его о. Христофор вопросами, наливая ему чаю и, по обыкновению, лучезарно улыбаясь. — Небось надоело? И не дай бог на обозе или на волах ехать! Едешь, едешь, прости господи, взглянешь вперед, а степь всё такая ж протяженно-сложенная, как и была: конца краю не видать! Не езда, а чистое поношение. Что ж ты чаю не пьешь? Пей! А мы без тебя тут, пока ты с обозом тащился, все дела под орех разделали. Слава богу! Продали шерсть Черепахину и так, как дай бог всякому. . Хорошо попользовались.

При первом взгляде на своих Егорушка почувствовал непреодолимую потребность жаловаться. Он не слушал о. Христофора и придумывал, с чего бы начать и на что особенно пожаловаться. Но голос о. Христофора, казавшийся неприятным и резким, мешал ему сосредоточиться и путал его мысли. Не посидев и пяти минут, он встал из-за стола, пошел к дивану и лег.

— Вот-те на! — удивился о. Христофор. — А как же чай?

Придумывая, на что бы такое пожаловаться, Егорушка припал лбом к стене дивана и вдруг зарыдал.

— Вот-те на! — повторил о. Христофор, поднимаясь и идя к дивану. — Георгий, что с тобой? Что ты плачешь?

— Я... я болен! — проговорил Егорушка.

— Болен? — смутился о. Христофор. — Вот это уж и нехорошо, брат... Разве можно в дороге болеть? Ай, ай, какой ты, брат... а?

Он приложил руку к Егорушкиной голове, потрогал щеку и сказал:

— Да, голова горячая... Это ты, должно быть, простудился или чего-нибудь покушал... Ты бога призывай.

— Хинины ему дать... — сказал смущенно Иван Иваныч.

— Нет, ему бы чего-нибудь горяченького покушать... Георгий, хочешь супчику? А?

— Не... не хочу... — ответил Егорушка.

— Тебя знобит, что ли?

— Прежде знобило, а теперь... теперь жар. У меня всё тело болит...

Иван Иваныч подошел к дивану, потрогал Егорушку за голову, смущенно крякнул и вернулся к столу.

— Вот что, ты раздевайся и ложись спать, — сказал о. Христофор, — тебе выспаться надо.

Он помог Егорушке раздеться, дал ему подушку и укрыл его одеялом, а поверх одеяла пальтом Ивана Иваныча, затем отошел на цыпочках и сел за стол. Егорушка закрыл глаза и ему тотчас же стало казаться, что он не в номере, а на большой дороге около костра; Емельян махнул рукой, а Дымов с красными глазами лежал на животе и насмешливо глядел на Егорушку.

— Бейте его! Бейте его! — крикнул Егорушка.

— Бредит... — проговорил вполголоса о. Христофор.

— Хлопоты! — вздохнул Иван Иваныч.

— Надо будет его маслом с уксусом смазать. Бог даст, к завтраму выздоровеет.

Чтобы отвязаться от тяжелых грез, Егорушка открыл глаза и стал смотреть на огонь. О. Христофор и Иван Иваныч уже напились чаю и о чем-то говорили шёпотом. Первый счастливо улыбался и, по-видимому, никак не мог забыть о том, что взял хорошую пользу на шерсти; веселила его не столько сама польза, сколько мысль, что, приехав домой, он соберет всю свою большую семью, лукаво подмигнет и расхохочется; сначала он всех обманет и скажет, что продал шерсть дешевле своей цены, потом же подаст зятю Михайле толстый бумажник и скажет: «На, получай! Вот как надо дела делать!» Кузьмичов же не казался довольным. Лицо его по-прежнему выражало деловую сухость и заботу.

— Эх, кабы знатье, что Черепахин даст такую цену, — говорил он вполголоса, — то я б дома не продавал Макарову тех трехсот пудов! Такая досада! Но кто ж его знал, что тут цену подняли?

Человек в белой рубахе убрал самовар и зажег в углу перед образом лампадку. О. Христофор шепнул ему что-то на ухо; тот сделал таинственное лицо, как заговорщик — понимаю, мол, — вышел и, вернувшись немного погодя, поставил под диван посудину. Иван Иваныч постлал себе на полу, несколько раз зевнул, лениво помолился и лег.

— А завтра я в собор думаю... — сказал о. Христофор. — Там у меня ключарь знакомый. К преосвященному бы надо после обедни, да, говорят, болен.

Он зевнул и потушил лампу. Теперь уж светила одна только лампадка.

— Говорят, не принимает, — продолжал о. Христофор, разоблачаясь. — Так и уеду, не повидавшись.

Он снял кафтан, и Егорушка увидел перед собой Робинзона Крузе. Робинзон что-то размешал в блюдечке, подошел к Егорушке и зашептал:

— Ломоносов, ты спишь? Встань-ка! Я тебя маслом с уксусом смажу. Оно хорошо, ты только бога призывай.

Егорушка быстро поднялся и сел. О. Христофор снял с него сорочку и, пожимаясь, прерывисто дыша, как будто ему самому было щекотно, стал растирать Егорушке грудь.

— Во имя отца и сына и святаго духа... — шептал он. — Ложись спиной кверху!.. Вот так. Завтра здоров будешь, только вперед не согрешай... Как огонь, горячий! Небось в грозу в дороге были?

— В дороге.

— Еще бы не захворать! Во имя отца и сына и святаго духа... Еще бы не захворать!

Смазавши Егорушку, о. Христофор надел на него сорочку, укрыл, перекрестил и отошел. Потом Егорушка видел, как он молился богу. Вероятно, старик знал наизусть очень много молитв, потому что долго стоял перед образом и шептал. Помолившись, он перекрестил окна, дверь, Егорушку, Ивана Иваныча, лег без подушки на диванчик и укрылся своим кафтаном. В коридоре часы пробили десять. Егорушка вспомнил, что еще много времени осталось до утра, в тоске припал лбом к спинке дивана и уж не старался отделаться от туманных угнетающих грез. Но утро наступило гораздо раньше, чем он думал.

Ему казалось, что он недолго лежал, припавши лбом к спинке дивана, но когда он открыл глаза, из обоих окон номерка уже тянулись к полу косые солнечные лучи. О. Христофора и Ивана Иваныча не было. В номерке было прибрано, светло, уютно и пахло о. Христофором, который всегда издавал запах кипариса и сухих васильков (дома он делал из васильков кропила и украшения для киотов, отчего и пропах ими насквозь). Егорушка поглядел на подушку, на косые лучи, на свои сапоги, которые теперь были вычищены и стояли рядышком около дивана, и засмеялся. Ему казалось странным, что он не на тюке, что кругом всё сухо и на потолке нет молний и грома.

Он прыгнул с дивана и стал одеваться. Самочувствие у него было прекрасное; от вчерашней болезни осталась одна только небольшая слабость в ногах и в шее. Значит, масло и уксус помогли. Он вспомнил пароход, локомотив и широкую реку, которые смутно видел вчера, и теперь спешил поскорее одеться, чтобы побежать на пристань и поглядеть на них. Когда он, умывшись, надевал кумачовую рубаху, вдруг щелкнул в дверях замок и на пороге показался о. Христофор в своем цилиндре, с посохом и в шелковой коричневой рясе поверх парусинкового кафтана. Улыбаясь и сияя (старики, только что вернувшиеся из церкви, всегда испускают сияние), он положил на стол просфору и какой-то сверток, помолился и сказал:

— Бог милости прислал! Ну, как здоровье?

— Теперь хорошо, — ответил Егорушка, целуя ему руку.

— Слава богу... А я из обедни... Ходил с знакомым ключарем повидаться. Звал он меня к себе чай пить, да я не пошел. Не люблю по гостям ходить спозаранку. Бог с ними!

Он снял рясу, погладил себя по груди и не спеша развернул сверток. Егорушка увидел жестяночку с зернистой икрой, кусочек балыка и французский хлеб.

— Вот, шел мимо живорыбной лавки и купил, — сказал о. Христофор. — В будень не из чего бы роскошествовать, да, подумал, дома болящий, так оно как будто и простительно. А икра хорошая, осетровая...

Человек в белой рубахе принес самовар и поднос с посудой.

— Кушай, — сказал о. Христофор, намазывая икру на ломтик хлеба и подавая Егорушке. — Теперь кушай и гуляй, а настанет время, учиться будешь. Смотри же, учись со вниманием и прилежанием, чтобы толк был. Что наизусть надо, то учи наизусть, а где нужно рассказать своими словами внутренний смысл, не касаясь наружного, там своими словами. И старайся так, чтоб все науки выучить. Иной математику знает отлично, а про Петра Могилу не слыхал, а иной про Петра Могилу знает, а не может про луну объяснить. Нет, ты так учись, чтобы всё понимать! Выучись по-латынски, по-французски, по-немецки... географию, конечно, историю, богословие, философию, математику... А когда всему выучишься, не спеша, да с молитвою, да с усердием, тогда и поступай на службу. Когда всё будешь знать, тебе на всякой стезе легко будет. Ты только учись да благодати набирайся, а уж бог укажет, кем тебе быть. Доктором ли, судьей ли, инженером ли...

О. Христофор намазал на маленький кусочек хлеба немножко икры, положил его в рот и сказал:

— Апостол Павел говорит: на учения странна и различна не прилагайтеся. Конечно, если чернокнижие, буесловие, или духов с того света вызывать, как Саул, или такие науки учить, что от них пользы ни себе, ни людям, то лучше не учиться. Надо воспринимать только то, что бог благословил. Ты соображайся... Святые апостолы говорили на всех языках — и ты учи языки; Василий Великий учил математику и философию — и ты учи; святый Нестор писал историю — и ты учи и пиши историю. Со святыми соображайся...

О. Христофор отхлебнул из блюдечка, вытер усы и покрутил головой.

— Хорошо! — сказал он. — Я по-старинному обучен, многое уж забыл, да и то живу иначе, чем прочие. И сравнивать даже нельзя. Например, где-нибудь в большом обществе, за обедом ли, или в собрании скажешь что-нибудь по-латынски, или из истории, или философии, а людям и приятно, да и мне самому приятно... Или вот тоже, когда приезжает окружной суд и нужно приводить к присяге; все прочие священники стесняются, а я с судьями, с прокурорами да с адвокатами запанибрата: по-ученому поговорю, чайку с ними попью, посмеюсь, расспрошу, чего не знаю... И им приятно. Так-то вот, брат... Ученье свет, а неученье тьма. Учись! Оно, конечно, тяжело: в теперешнее время ученье дорого обходится... Маменька твоя вдовица, пенсией живет, ну да ведь...

О. Христофор испуганно поглядел на дверь и продолжал шёпотом:

— Иван Иваныч будет помогать. Он тебя не оставит. Детей у него своих нету, и он тебе поможет. Не беспокойся.

Он сделал серьезное лицо и зашептал еще тише:

— Только ты смотри, Георгий, боже тебя сохрани, не забывай матери и Ивана Иваныча. Почитать мать велит заповедь, а Иван Иваныч тебе благодетель и вместо отца. Ежели ты выйдешь в ученые и, не дай бог, станешь тяготиться и пренебрегать людьми по той причине, что они глупее тебя, то горе, горе тебе!

О. Христофор поднял вверх руку и повторил тонким голоском:

— Горе! Горе!

О. Христофор разговорился и, что называется, вошел во вкус; он не окончил бы до обеда, но отворилась дверь и вошел Иван Иваныч. Дядя торопливо поздоровался, сел за стол и стал быстро глотать чай.

— Ну, со всеми делами справился, — сказал он. — Сегодня бы и домой ехать, да вот с Егором еще забота. Надо его пристроить. Сестра говорила, что тут где-то ее подружка живет, Настасья Петровна, так вот, может, она его к себе на квартиру возьмет.

Он порылся в своем бумажнике, достал оттуда измятое письмо и прочел:

— «Малая Нижняя улица, Настасье Петровне Тоскуновой, в собственном доме». Надо будет сейчас пойти поискать ее. Хлопоты!

Вскоре после чаю Иван Иваныч и Егорушка уж выходили из подворья.

— Хлопоты! — бормотал дядя. — Привязался ты ко мне, как репейник, и ну тебя совсем к богу! Вам ученье да благородство, а мне одна мука с вами...

Когда они проходили двором, то возов и подводчиков уже не было, все они еще рано утром уехали на пристань. В дальнем углу двора темнела знакомая бричка; возле нее стояли гнедые и ели овес.

«Прощай, бричка!» — подумал Егорушка.

Сначала пришлось долго подниматься на гору по бульвару, потом идти через большую базарную площадь; тут Иван Иваныч справился у городового, где Малая Нижняя улица.

— Эва! — усмехнулся городовой. — Она далече, туда к выгону!

На пути попадались навстречу извозчичьи пролетки, но такую слабость, как езда на извозчиках, дядя позволял себе только в исключительных случаях и по большим праздникам. Он и Егорушка долго шли по мощеным улицам, потом шли по улицам, где были одни только тротуары, а мостовых не было, и в конце концов попали на такие улицы, где не было ни мостовых, ни тротуаров. Когда ноги и язык довели их до Малой Нижней улицы, оба они были красны и, сняв шляпы, вытирали пот.

— Скажите, пожалуйста, — обратился Иван Иваныч к одному старичку, сидевшему у ворот на лавочке, — где тут дом Настасьи Петровны Тоскуновой?

— Никакой тут Тоскуновой нет, — ответил старик, подумав. — Может, Тимошенко?

— Нет, Тоскунова...

— Извините, Тоскуновой нету...

Иван Иваныч пожал плечами и поплелся дальше.

— Да не ищите! — крикнул ему сзади старик. — Говорю — нету, значит нету!

— Послушай, тетенька, — обратился Иван Иваныч к старухе, продававшей на углу в лотке подсолнухи и груши, — где тут дом Настасьи Петровны Тоскуновой?

Старуха поглядела на него с удивлением и засмеялась.

— Да нешто Настасья Петровна теперь в своем доме живет? — спросила она. — Господи, уж годов восемь, как она дочку выдала и дом свой зятю отказала! Там теперь зять живет.

А глаза ее говорили: «Как же вы, дураки, такого пустяка не знаете?»

— А где она теперь живет? — спросил Иван Иваныч.

— Господи! — удивилась старуха, всплескивая руками. — Она уж давно на квартире живет! Уж годов восемь, как свой дом зятю отказала. Что вы!

Она, вероятно, ожидала, что Иван Иваныч тоже удивится и воскликнет: «Да не может быть!!», но тот очень покойно спросил:

— Где ж ее квартира?

Торговка засучила рукава и, указывая голой рукой, стала кричать пронзительным тонким голосом:

— Идите всё прямо, прямо, прямо... Вот как пройдете красненький домичек, там на левой руке будет переулочек. Так вы идите в этот переулочек и глядите третьи ворота справа...

Иван Иваныч и Егорушка дошли до красного домика, повернули налево в переулок и направились к третьим воротам справа. По обе стороны этих серых, очень старых ворот тянулся серый забор с широкими щелями; правая часть забора сильно накренилась вперед и грозила падением, левая покосилась назад во двор, ворота же стояли прямо и, казалось, еще выбирали, куда им удобнее свалиться, вперед или назад. Иван Иваныч отворил калитку и вместе с Егорушкой увидел большой двор, поросший бурьяном и репейником. В ста шагах от ворот стоял небольшой домик с красной крышей и с зелеными ставнями. Какая-то полная женщина, с засученными рукавами и с поднятым фартуком, стояла среди двора, сыпала что-то на землю и кричала так же пронзительно-тонко, как и торговка:

— Цып!.. цып! цып!

Сзади нее сидела рыжая собака с острыми ушами. Увидев гостей, она побежала к калитке и залаяла тенором (все рыжие собаки лают тенором).

— Кого вам? — крикнула женщина, заслоняя рукой глаза от солнца.

— Здравствуйте! — тоже крикнул ей Иван Иваныч,

отмахиваясь палкой от рыжей собаки. — Скажите, пожалуйста, здесь живет Настасья Петровна Тоскунова?

— Здесь! А на что вам?

Иван Иваныч и Егорушка подошли к ней. Она подозрительно оглядела их и повторила:

— На что она вам?

— Да, может, вы сами Настасья Петровна?

— Ну, я!

— Очень приятно... Видите ли, кланялась вам ваша давнишняя подружка, Ольга Ивановна Князева. Вот это ее сынок. А я, может, помните, ее родной брат, Иван Иваныч... Вы ведь наша N—ская... Вы у нас и родились, и замуж выходили...

Наступило молчание. Полная женщина уставилась бессмысленно на Ивана Иваныча, как бы не веря или не понимая, потом вся вспыхнула и всплеснула руками; из фартука ее посыпался овес, из глаз брызнули слезы.

— Ольга Ивановна! — взвизгнула она, тяжело дыша от волнения. — Голубушка моя родная! Ах, батюшки, так что же я, как дура, стою? Ангельчик ты мой хорошенький...

Она обняла Егорушку, обмочила слезами его лицо и совсем заплакала.

— Господи! — сказала она, ломая руки. — Олечкин сыночек! Вот радость-то! Совсем мать! Чистая мать! Да что ж вы на дворе стоите? Пожалуйте в комнаты!

Плача, задыхаясь и говоря на ходу, она поспешила к дому; гости поплелись за ней.

— У меня не прибрано! — говорила она, вводя гостей в маленький душный зал, весь уставленный образами и цветочными горшками. — Ах, матерь божия! Василиса, поди хоть ставни отвори! Ангельчик мой! Красота моя неописанная! Я и не знала, что у Олечки такой сыночек!

Когда она успокоилась и привыкла к гостям, Иван Иваныч пригласил ее поговорить наедине. Егорушка вышел в другую комнатку; тут стояла швейная машина, на окне висела клетка со скворцом и было так же много образов и цветов, как и в зале. Около машины неподвижно стояла какая-то девочка, загорелая, со щеками пухлыми, как у Тита, и в чистеньком ситцевом платьице. Она, не

145

мигая, глядела на Егорушку и, по-видимому, чувствовала себя очень неловко. Егорушка поглядел на нее, помолчал и спросил:

— Как тебя звать?

Девочка пошевелила губами, сделала плачущее лицо и тихо ответила:

— Атька...

Это значило: Катька.

— Он у вас будет жить, — шептал в зале Иван Иваныч, — ежели вы будете такие добрые, а мы вам будем по десяти рублей в месяц платить. Он у нас мальчик не балованный, тихий...

— Уж не знаю, как вам и сказать, Иван Иваныч! — плаксиво вздыхала Настасья Петровна. — Десять рублей деньги хорошие, да ведь чужого-то ребенка брать страшно! Вдруг заболеет, или что...

Когда Егорушку опять позвали в зал, Иван Иваныч уже стоял со шляпой в руках и прощался.

— Что ж? Значит, пускай теперь и остается у вас, — говорил он. — Прощайте! Оставайся, Егор! — сказал он, обращаясь к племяннику. — Не балуй тут, слушайся Настасью Петровну... Прощай! Я приду еще завтра.

И он ушел. Настасья Петровна еще раз обняла Егорушку, обозвала его ангельчиком и, заплаканная, стала собирать на стол. Через три минуты Егорушка уж сидел рядом с ней, отвечал на ее бесконечные расспросы и ел жирные горячие щи.

А вечером он сидел опять за тем же столом и, положив голову на руку, слушал Настасью Петровну. Она, то смеясь, то плача, рассказывала ему про молодость его матери, про свое замужество, про своих детей... В печке кричал сверчок и едва слышно гудела горелка в лампе. Хозяйка говорила вполголоса и то и дело от волнения роняла наперсток, а Катя, ее внучка, лазала за ним под стол и каждый раз долго сидела под столом, вероятно, рассматривая Егорушкины ноги. А Егорушка слушал, дремал и рассматривал лицо старухи, ее бородавку с волосками, полоски от слез... И ему было грустно, очень грустно! Спать его положили на сундуке и предупредили, что если он ночью захочет покушать, то чтобы сам вышел в коридорчик и взял там на окне цыпленка, накрытого тарелкой.

На другой день утром приходили прощаться Иван Иваныч и о.

Христофор. Настасья Петровна обрадовалась и собралась было ставить самовар, но Иван Иваныч, очень спешивший, махнул рукой и сказал:

— Некогда нам с чаями да с сахара́ми! Мы сейчас уйдем.

Перед прощаньем все сели и помолчали минуту. Настасья Петровна глубоко вздохнула и заплаканными глазами поглядела на образа.

— Ну, — начал Иван Иваныч, поднимаясь, — значит, ты остаешься...

С лица его вдруг исчезла деловая сухость, он немножко покраснел, грустно улыбнулся и сказал:

— Смотри же, учись... Не забывай матери и слушайся Настасью Петровну... Если будешь, Егор, хорошо учиться, то я тебя не оставлю.

Он вынул из кармана кошелек, повернулся к Егорушке спиной, долго рылся в мелкой монете и, найдя гривенник, дал его Егорушке. О. Христофор вздохнул и, не спеша, благословил Егорушку.

— Во имя отца и сына и святаго духа... Учись, — сказал он. — Трудись, брат... Ежели помру, поминай. Вот прими и от меня гривенничек...

Егорушка поцеловал ему руку и заплакал. Что-то в душе шепнуло ему, что уж он больше никогда не увидится с этим стариком.

— Я, Настасья Петровна, уж подал в гимназию прошение, — сказал Иван Иваныч таким голосом, как будто в зале был покойник.
— Седьмого августа вы его на экзамен сведете... Ну, прощайте! Оставайтесь с богом. Прощай, Егор!

— Да вы бы хоть чайку покушали! — простонала Настасья Петровна.

Сквозь слезы, застилавшие глаза, Егорушка не видел, как вышли дядя и о. Христофор. Он бросился к окну, но во дворе их уже не было, и от ворот с выражением исполненного долга бежала назад только что лаявшая рыжая собака. Егорушка, сам не зная зачем, рванулся с места и полетел из комнат. Когда он выбежал за ворота, Иван Иваныч и о. Христофор, помахивая — первый палкой с крючком, второй посохом, поворачивали уже за угол. Егорушка почувствовал, что с этими людьми для него исчезло навсегда, как дым, всё то, что до сих пор было пережито; он опустился в изнеможении на лавочку и горькими слезами приветствовал новую, неведомую жизнь, которая теперь начиналась для него...

Какова-то будет эта жизнь?

Список

www.ingramcontent.com/pod-product-compliance
Lightning Source LLC
Chambersburg PA
CBHW020658260626
47157CB00008B/3079